Romanzen auf der Herrentoilette

Für Dani

Bibliografische Information der Deutschen Nationalbibliothek: Die Deutsche Nationalbibliothek verzeichnet diese Publikation in der Deutschen Nationalbibliografie; detaillierte bibliografische Daten sind im Internet über dnb.dnb.de abrufbar.

© 2021 Norbert Paradeiser, Pascal Ringler, Peter Häckel

Herstellung und Verlag: BoD – Books on Demand, Norderstedt

ISBN: 9783754337905

Inhalt

Die Autoren? Die Autoren.

Wir sind eine autonome Gruppe, jedoch ohne Auto.

Sind wir also eine nome Gruppe? Die Antwort auf diese Frage wird sich dem Leser am Ende dieses Meisterwerks schließlich offenbaren.

Mehr Wissenswertes gibt es über uns nicht zu erfahren.

Disclaimer

Folgendes literarisches Werk ist trotz homosexuell implizierendem Titel durch und durch heterosexuell angelegt, kann jedoch Spuren von gayshit enthalten. Nicht empfohlen für homophobe Mütter Mitte 40. Rhetorische Stilmittel sind eventuell vorzufinden. Jegliche Überschneidungen mit echten Geschehnissen und oder Personen sind weder zufällig, noch unbeabsichtigt. Jegliche Aussagen gelten vor Gericht als nichtig und sind nicht gegen uns zu verwenden. Es ist stets zu beachten, dass in diesem Werk viel mit Stereotypen und Vorurteilen gearbeitet wird, die nicht unserer Weltanschauung entsprechen, sondern einen weiteren Aspekt der dargelegten Gesellschaftskritik bilden.

Vorwort des 1. Kapitels: Das Becken der Erleichterung

Die Toilette ist ein dreckiger Ort. Wahrlich dreckig. Eigentlich logisch, wenn man bedenkt, wofür dieser Ort aufgesucht wird. Sollten Sie in Ihrem erbärmlichen Leben noch keine Toilette aufgesucht haben, empfehlen wir Ihnen dies von ganzem Herzen. Da Sie ja dementsprechend nicht wüssten, was dort getrieben wird, werden wir es Ihnen - aus offensichtlichen Gründen - trotzdem nicht näherbringen. Doch trotz der dreckigen Dreckigkeit, die dort vorherrscht, schlägt es immer wieder saubere Romantiker an diese gottverlassene Stätte. Nun lässt sich vermuten, was einen Romantiker an besagtes Becken spült. Wenn Sie mehr erfahren wollen, sollten Sie unverzüglich die nächsten Kapitel lesen. Das Buch haben Sie ja sowieso schon gekauft und als Brennmaterial wird es Ihnen nicht lange dienlich sein, also was soll's.

Kapitel 1: Eine Sinnliche Massage

„LEUTE, DA KNETET SICH EINER SEINEN SCHWANZ!" schrie JuliusGigantus (JG) voller Ekstase in die Runde, als er gerade vom Pott kam, nachdem er auf den Pott kam. Natürlich hatte er mit dieser Aussage mein Interesse geweckt, da er wusste, dass ich in Erwägung zog, Geschichten über zwischenmenschliche Beziehungen am Lokus zu literieren. Wir befanden uns inmitten des Eisenpraktikums, als JG – wie jeden Tag – seiner Lieblingstätigkeit nachging: Fremden Leuten auf den Schwanz zu starren, um sich dem angestauten Druck des Tages entledigen zu können. Diese Prozedur entwickelte sich über wenige Wochen hinweg und wurde baldig zu einem festlichen Rituale, welches meist in der Mittagspause (Die Pause während der Mittagszeit) praktiziert wurde. Verdutzte Blicke trafen ihn vorwurfsvoll, durchdrangen ihn jedoch wie Lichtstrahlen Papier. Zudem hatten wir uns schon langsam an seine geistigen Dünnschisse gewöhnen können, die er mit uns teilte, anstatt sie morgens genüsslich in die Schüssel zu drücken. „Möglicherweise ist er noch immer dabei, seine Fleischpeitsche zu liebkosen!" fuhr JG fort und unterbrach damit abermals meine Gedankenströme, was ich ihm jedoch nicht übelnahm, da ich für mein Werk so viele Details wie möglich zu sammeln versuchte. Da ich einen schlechten Ruf zu verlieren hatte, wollte ich mein Interesse an seinen Geschichten nicht öffentlich preisgeben, also überlegte ich, wann die Zeit reif wäre, ihn über weitere Scheißhaus-Geschichten zu befragen. So beschloss ich, ihm in der nächsten Mittagspause „zufällig" auf der Toilette aufzulauern. Gedacht, gekackt, getan.

Es folgte ein Zeitsprung zum nächsten Lichtblick des sonst so Depressionen-induzierenden Praktikumslebens.

„Hey Julius…" flüsterte ich erregend, als ich in der Kabine neben ihm verweilte. Ich konnte mir sicher sein, Julius' Nebenanmann zu sein, da ich mit meinen angespitzten Hörorganen Peitschenschläge von Nebenan zur Kenntnis nahm. „Hallo Dietmar, hast du die fetten Kabel hier schon gesehen? Die sind echt beeindruckend." Antwortete er seelenruhig. Ich war mir dieser Begrifflichkeit nicht Herr in diesem Moment und überlegte also, ihn nett, aber fordernd, darauf hinzuweisen, doch bitte kurz die Fresse zu halten, um meine Frage formulieren zu können. Entschied mich dann aber doch, höflich zu bleiben (Rückblickend vermutlich die falsche Entscheidung). „Ne Mann, ich steh nicht so auf fette Kabel" erwiderte ich frech. „Sag mal Julius, hast du eigentlich noch andere Geschichten über Toilettengänger auf Lager?" fragte ich zaghaft. Plötzlich sah ich ein helles Funkeln in seinen Augen, was seltsam war, da uns glücklicherweise eine Wand trennte. „Natürlich Dietmar, mein Freund. Für dich… Für dich immer. Einmal, als ich gerade zur Tür reinstolzierte, erblickte ich zwei Maximalpigmentierte beim Urinieren, während sie sich gegenseitig das Gemächt hielten. Eine Erfahrung, die mich geprägt hat…"

Nachwort des 1. Kapitels: Mehr Geschichten des Helden

Da wir das erste Kapitel Leseeinsteigerfreundlich (geeignet für Grundschüler) gestalteten, und deswegen kurz halten wollten, entschieden wir uns, nur die glorreichste Geschichte des JuliusGigantus in diesem festzuhalten. Jedoch befinden sich zahlreiche mündliche Überlieferungen des Giganten selbst, in Memoiren eines online Messangerdienstes unserer mobilen Endgeräte. Deshalb entschlossen wir uns, für die wissbegierige Leserschaft und die Narren, die einfach nicht genug von JG bekommen können, einen kleinen Auszug seines Lebenswerkes preiszugeben.

Nachwort 1 des 1. Nachwortes: Luftverschmutzung der anonymen Art

Dieser Gestank… Dieser stinkende Gestank… Dieser stinkende Gestank der stinkt… Die Sache stinkt… Was stinkt denn hier so?!? Das sind… Das ist… Scheiße. Scheiße! MENSCHENSCHEISSE. Aber woher? Ach ja, ich bin ja grad Pissen. Das gibt's ja gar nicht, da scheißt tatsächlich einer auf der Schultoilette. Widerwärtig. Normalerweise sind die Kabinen doch nur da, um Romanzen zu erleben. Wer ist denn ekelhaft genug, sich auf dem Klo stinkende Exkremente aus dem Anus zu drücken? Irgendeiner muss dem doch mal 'ne Lektion erteilen und im Dunklen scheißt es sich ja bekanntlich scheiße.

So löschte er das Licht durch gezieltes Druckaufbauen auf den Taster und nahm dem anonymen Luftverschmutzer jedweden Lichtblick. Ob er sich die Hände wusch, ist bis zum heutigen Tage unbekannt.

Da wir davon ausgehen, dass Sie (ja, genau Sie!) einen IQ von 87 besitzen, möchten wir vermerken, dass der erste Absatz dem originalen Gedankengang des JG gleicht.

Vorwort des 2. Kapitels: Ein kleiner historischer Rückblick über das zweitwichtigste Thema des Mannes

Schon seit Anbeginn der Zeit haben Menschen auf extraordinäre Art und Weise versucht, Wasser zu lassen. Männer haben festgestellt, dass sie dem schöneren Geschlecht in dieser Disziplin deutlich überlegen sind. Denn ein besonderes Merkmal ziert den Unterkörper der Nachkömmlinge Adams. Falls Sie dumm wie Scheiße sind – wir meinen den Schwanz. Sollten Sie, der Leser, tatsächlich ein Exemplar menschlichen Exkrements sein, so möchten wir uns hiermit herzlichst entschuldigen, die Aussage dennoch nicht zurücknehmen. Um zurück zum Thema zu kommen: Denken Sie bitte, sollten sie einen Wurm zwischen den Beinen baumeln haben, zurück an den letzten Winter, an dem Sie kunstvoll den Namen Ihres Schwarmes gelb in den Schnee eingravierten. Und wir meinen nicht Ananassaft. Es lässt sich daher schließen, dass ehrenwerte Schlauchträger schon immer kreativer bei der Art und Ortswahl ihrer Reviermarkierungen waren. Folgendes Kapitel präsentiert die Geschichte eines solchen Exemplars männlicher Menschlichkeit.

Kapitel 2: Die Geschichte eines einsamen Wildpinklers

„PACK DEINEN SCHWANZ EIN, DU ARSCHLOCH!" hallte es durch die Halle der Hallen des Schulgebäudes. Eine Stimme, die mir vertraut vorkam, welche ich jedoch nicht zuordnen konnte. Kein Wunder, schließlich war ich neu an der Schule und kannte niemanden. Mit einer adäquaten Geschwindigkeit von $653.187 \frac{\mu m}{s}$ sprintete ich um die Ecke um den unbekannten Unrechttuer zur Rede zu stellen. Natürlich hatte ich auch egoistische Hinterngedanken für meinen in Planung stehenden Schinken deutschen Literaturguts. Ich traute meinen Augen nicht, als ich die Ehre hatte, das überaus unattraktive Antlitz von niemand geringerem als JulisGigantus erblicken zu dürfen. Unsere letzte Begegnung lag bereits 259.271 Sekunden in der Vergangenheit, daher hegte ich Gefühle von Freud und Wider gleicherlei. Ich fragte ihn, was gerade passiert sei und er fing wiedermal an, mir auf den Sack zu gehen, doch das ist ein Leid, welches es zu ertragen gilt, wenn man als Qualitätsjournalist einen Platz in dieser Branche finden möchte. Er begann mit: „Dietmar, du alter Löcherstopfer, wieder auf der Suche nach quantitativ hochwertigen Scheißhausgeschichten?" Leicht zögerlich, aber ohne jegliche Hemmungen erwiderte ich „Ja." Was sollte ich denn auch sonst von ihm wollen? Ihm ist doch bewusst, dass das meine Passionskonfession ist. Für was anderes ist er schließlich sowieso nicht zu gebrauchen.

mittlerweile unpeinliche Stille

„nahammoetzfangamanlan… tschuldige, ich hatte ´n Haar im Mund. Also, ich glaub das war Paul, aber ohne ä. Weißt schon, der, der im Fachjargon des Pausenghettos auch „Der Wildpinkler" genannt wird. Hast du von dem noch nichts gehört?

„Ne."

„Der pisst gerne lassoschwingend gegen die Wand und mag es außerdem Mädchen zu treffen. Mit dem trink ich ab und an gern mal einen, ist eigentlich ein echt netter Kerl, pisst mich aber leider manchmal an. Doch für mehr solltest du ihn besser selbst befragen. Er sollte nach der Pause Englisch haben, also wird er die erste viertel Stunde im Flur rumlungern, um wässerungsbedürftige Plätzchen zu lokalisieren."

„Danke, war wieder einmal hochreizend mit dir zu räsonieren" antwortete ich schroff und machte mich sogleich auf den Weg in die endlosen Hallen der heruntergekommenen Lehranstalt.

„Hey, bist du Paul?", fragte ich das einzige, sich auf dem Gang befindende, Schulgemeinschaftsmitglied.

„Ja, aber ohne ä. Ich mag es nicht, wenn Leute das falsch aussprechen.", erwiderte er kalt.

Ich fing an, ihn über vorhergegangenes Ereignis zu befragen, bis ich bemerkte, wie er von einer Aura aus Aggressivität umströmt wurde. Ich verstummte.

„WAS SOLL DIE SCHEISSE DU ARSCHLOCH? ICH PISS DICH GLEICH AN, MAN!" Schrie er mir ins Gesicht und begann, seine Gürtelschnalle zu lockern. Panikerfüllt nahm ich wortwörtlich meine Beine in die Hand, stolperte und fand mich in einer Pfütze einer mir fremden Flüssigkeit wieder. Ich betete zu allen mir unbekannten Göttern, es solle mein eigenes Blut sein. Doch das war es nicht…

Nachwort 1 des 2. Kapitels: Zwischenwörtlicher Wortwechsel

Am allernächsten Tage ersuchte Paul die ehrenwerte Gesellschaft Dietmars, um ihn zu veranlassen, um Vergebung für sein offensives Verhalten zu betteln. Unser heldenhafter Protagonist kniete sich vor seinen Peiniger, schloss seine Augen und Sprach die magischsten Worte der Entschuldigung: „Sorry, bro." Nach einem kurzen Pläuschchen waren alle Klarheiten beseitigt und da Paul mittlerweile Wind von Dietmars Vorhaben bekommen hatte, gab er einen Schwank aus seiner noch früheren Jugend zum Besten. Er berichtete von einem Ereignis an seiner alten Schule, wodurch er auch im Endeffekt die Bildungseinrichtung wechseln musste. Um es kurz zu halten: Er schiss regelmäßig in die Ecke, da es dort sauberer als auf dem Porzellanthron war.

Nachwort 2 des 2. Kapitels: Aufklärende Nachklärung

Für die intelligenzallergische Leserschaft möchten wir nun zwei Dinge erläutern:

Zum Ersten möchten wir das Wort „räsonieren" nach Google per Definition definieren: „sich wortreich und tiefschürfend, aber ohne konkretes Ergebnis [über etwas] äußern."

Des Weiteren möchten wir auf eventuell aufgetretene eindeutige Zweideutigkeiten hinweisen und empfehlen daher, sich dieses Kapitel erneut zu Gemüte zu führen, sollten Sie diese durch systematische Ignoranz ignoriert haben.

Vorwort des 3. Kapitels: Ciao Kakao

Wir gehen scheißen. Der Gastschreiber schreibt währenddessen weiter.

Kapitel 3: Niemals um 3:00 Uhr Nachts eine Katze in die Spülmaschine werfen!

Es war eine dunkle Nacht, eine Nacht so dunkel, dass selbst eine Katze nichts gesehen hätte, auch wenn sie gerade frisch aus der Spülmaschine käme. In dieser gottlosen, seelenlosen, ja lichtlosen Nacht aller Nächte wagte es eine namenlose Schattengestalt menschlichen Abschaums zu gehen in die Räumlichkeit, welche sich Herrentoilette schimpfte. Ein Mensch bei Sinn und Sinnen möge sich da nur fragen: Warum Junge? Die Antwort, bitter auf der Zunge zerlaufend, lautete "Halluzinogene". Ein herber, jungfräulicher Nachgeschmack, voller Dunkelheit und Schmerz durchzog den Flur wie Tidepods ein Kind im Frühjahr 2018.

Das Schattenbild von Mensch öffnete knarzend die knarzende Türe zum Heiligtum und mit einem Fuße stehend in der Hölle, dem Königreich der Klobürsten und dem Reich des Abflussteufels, hörte er das gluckern des Abdrückthrons. Mit klappender Schüssel, flüsterte die Toilette: „Komm zu mir mein Sohn und drück ab, wenn du dich traust."

Nachwort des 3. Kapitels: Abgedrückt und Abgespült

So, wir sind von der Toilette zurück, hoffentlich hat dieses Kapitel bei Ihnen keine bleibenden Schäden verursacht.

Vorwort des 4. Kapitels: Wir mögen Geld

Wir empfehlen (damit Sie uns noch mehr Kohle in unsere wunderschönen Ärsche schieben), sich zusätzlich ein Exemplar des Hörbuchs durch legalen Erwerb Ihren Besitztümern hinzuzufügen, sofern das besagte Lauschwerk bereits am freien Markt verfügbar ist. Beim Lauschen unserer höchst erotischen Klänge, welche durch Stimmbänder und Kehlkopf erzeugt werden, werden sich Ihnen neue Ebenen spiritueller Befriedigung eröffnen.

Kapitel 4 : Ein Chlorreiches Kapitel

In meiner geistigen Umnachtung stolzierte ich auf einem mir unbekannten, hohen Objekt. Die Reflexion der Sonne spiegelte sich in einer leicht bläulich erscheinenden Flüssigkeit wider. Mithilfe meiner Augen konnte ich erblicken, dass sich besagte Flüssigkeit circa 3 Meter unter meinen Käsefüßen befand. Da sich mir kein besserer Ausweg aus dieser Situation offenbarte, hieß es „spring oder stirb. Oder beides" (nüchtern betrachtet hätte ich auch die Leiter nehmen können, allerdings war ich vom gestrigen Saufexzess mit JG zu intoxikiert, auf Deutsch: „full wie a Lagerraum.") Man sieht, mir blieb keine andere Wahl, als mein bemitleidenswertes Leben aufs Spiel zu setzen. Würde ich nun einen Schritt nach vorne wagen, hätte alles passieren können. Ganz ehrlich, ich war kurz davor, mir die Badehose einzukoten... B-a-d-e-h-o-s-e? Ich begann zu realisieren, dass ich mich im Schwimmbad befand, aber bevor ich weiter über mein zukünftiges Handeln hätte philosophieren können, machte mir der hohe Alkoholgehalt meines Blutes einen Strich durch die Rechnung. Kurzerhand fing ich an zu taumeln und stürzte hinab in die Abgründe des mit Kinderurin besudelten Familienplanschparadieses. Den Betrag der Falldauer konnte ich trotz meiner physikalischen Dekadenz relativ einfach errechnen:

$$y(t) = -\frac{1}{2}gt^2 \quad \rightarrow \quad \text{in diesem Fall also:}$$

$3m = \frac{1}{2} * 9{,}81\frac{m}{s^2} * t^2$ (Die negative Richtungsangabe konnte ich ignorieren, da ich mein Bezugssystem positiv in Richtung des Erdkerns setzte);

Auf t umgestellt ergab das nun:

$$t = \sqrt{\frac{2 \cdot 3m}{9{,}81\frac{m}{s^2}}} \approx 0{,}78\text{s}$$

Diese rund 0,78 Sekunden fühlten sich jedoch wie eine deutlich längere Zeit an. Also mindestens wie 2 Sekunden, das sind schon gute 0,002% der Lebensspanne einer Eintagsfliege. Vor lauter Herumrechnerei lag ein Viertel der Fallperiode bereits in der Vergangenheit. Mir blieben also nur noch etwa 0,59 Sekunden, um mit meinem Leben abzuschließen. Weitere 0,01 Sechzigstel einer Minute vergingen. „Ok, fertig" dachte ich mir und ehe ich mich ungefähr 0,58 Sekunden lang versah, landete ich sanft in den Armen des durch

28

die Oberflächenspannung extrem hart gewordenen kühlen Nasses. Die durch meinen Aufprall induzierte Wasserfontäne traf eine holde Maid, unglücklich genug, sich in unmittelbarer Nähe meinerseits zu befinden. Sie gab ein dezent aber auffällig erotisches „Ahh, du hast mich vollgespritzt" von sich und ich überlegte, wie ich sie auf schnellstmöglichem Wege abwimmeln könnte. Dabei ging ich dem offensichtlich verzweifelten Paarungssignal bereits intuitiv aus dem Wege, indem ich mich, so schnell ich konnte, mit dem legendären Schmetterlingsstil des Olympiasiegers Gunnar Larsson aus dem Jahre 1972 an den Beckenrand rettete. Doch im Gegensatz zu meiner Fallzeit hatte ich nicht damit gerechnet, dass sie eine hohe Begabung im imitieren des Freischwimmstils Sandy Neilsons aufweisen konnte. Obwohl ich zugeben musste, dass sie Geschmack bei der Wahl ihres Schwimmidols hatte, versuchte ich meine Flucht dennoch fortzusetzen, doch bevor ich meinen letzten Fuß aus dem Becken erheben konnte, griff sie danach und beförderte mich mit einer gekonnten Todesrolle zurück ins mit Pisse angereicherte Wasser. Ich fühlte mich wie ein Kaninchen in einem Observatorium in West Virginia und sah meine einzige Option darin, meine Grundprinzipien zu brechen und zum ersten Mal in vielen Jahren die Wahrheit zu sagen. Ich hegte kurzweilig den Gedanken, auf ihren Lockruf anzuspringen, da ich mich schon lange nach einer Partnerschaft sehnte, jedoch war sie mir schlichtweg zu hässlich. „Ich muss ernsthaft scheißen" quoll es dann aus meinem Mundwerk, wie der viel zu voluminöse Dünpfiff eines Neugeborenen aus seiner Windel. So begab ich mich schleunigst auf die Toilette um meinen Bedürfnissen nachzugehen. Die miserable Entscheidung auf ein Schwimmbad-WC gegangen gewesen zu sein, würde mir später noch schmerzlich bewusst geworden sein. Als ich diese Kammer der schrecklichen Schrecken betrat, wurde mir erneut vor den Kopf gestoßen, weshalb ich Schwimmbadklos so sehr verachte. Der nasskalte Boden, bestehend aus nicht-identifizierbarem Schleim, welcher sich aus einer Mischung von Abflusswasser, Urin und hoffentlich keinen weiteren Körperflüssigkeiten zusammensetzt, das Gefühl des Selbst-an-uriniert-seins nach bedecken des Luststachels mit der bereits feuchten Badehose und der glitschige Klositz auf dem es nicht möglich ist, ein ruhiges Geschäft zu verrichten, egal wie sehr man sich auch anstrengt, sind die drei Hauptgründe hierfür. Jedoch vergaß ich während meiner höchst anstrengenden Flucht, dass ich noch Alkohol intus hatte und übergab mich konstant über eine halbe Stunde hinweg in die widerwärtige Schüssel des Ekelklos. Danach trat ich beschämt meine Heimreise an.

-Ende-

Vorwort des 5. Kapitels: Hermann Schaum

Das folgende Kapitel schildert die Aufklärung der vermeintlichen Beseitigung einer quengelnden Snitch aus der Sicht des Schüleroberhauptdetektivs, Hermann Schaum. Besagter Kommissar durchlebt das 11. Jahr seines unfassbar durchschnittlichen Lebens. Und obwohl er hoffte, dass seine Erlebnisse jenen von Meisterdetektiven wie Sherlock Holmes oder Sally Bollywood gleichen würden, waren die eingegangenen Aufträge stets ernüchternd und enttäuschten nur allzu oft seine hohen Erwartungen. „Eww Manni, da hat jemand an die Wand gepinkelt, mimimi…" - „Da hat einer die Klassenpalme angewiselt" - „Herr Schaum, hier ist die Polizei, wir benötigen Ihren höchst ausgeprägten kindlichen Intellekt. In der Schulstraße wurden drei Mädchen entführt…" - „Herr Schaum, hier spricht das Bundeskriminalamt, wir bezichtigen Sie des Drogenbesitzes." Sehen Sie? Furchtbar langweilige Aufträge, welche Hermanns Interesse nicht ansatzweise aus dem ewigen Tiefschlaf wecken konnten. Doch eines schicksalhaften Tages erreichte ihn ein Auftrag, der ihm auf persönlicher Ebene sehr stark an die Nierensteine ging. Die Nachricht durchzog sein Rückenmark wie ein Hippie seine Bong. Angeblich wurde sein bester Freund auf der Toilette ermordet.

Kapitel 5: Mord auf der Herrentoilette

"Hermann am Apparat, was kann ich nicht für Sie tun?" antwortete ich dem nach einem Polizist klingendem Individuum suspekt. Obwohl ich von meiner Mutter aufgeklärt wurde, dass ich in Latex gekleideten Polizisten ohne Marke niemals vertrauen sollte, ließ ich mich darauf ein, an diesem verkaterten Samstagvormittag ausnahmsweise einmal die Schule zu besuchen. Meine einzige Motivation hierfür entstand aus der Sorge bezüglich des Wohlergehens meines Freundes und da ich mich momentan in meiner Selbstfindungsphase befinde, möchte ich anbringen, dass ich nicht schwul bin. Jedenfalls, kam es mir so vor, als würde die Schule noch mehr stinken, als sie es unter der Woche schon tat. Möglicherweise lag das an der bereits eingetrockneten Kotze-Mojito Mische auf meinem in einem Entwicklungsland von sicherlich sehr glücklichen Kindern produzierten My Little Pony™ Pullover. Jedoch muss ich sagen, dass das Gemisch dem abgebildeten Motiv einen besonderen Touch gab: Der nun halbverwest aussehende Kopf Sparkles gab mir Flashbacks, die mich an den Bring-Deinen-Sohn-Mit-Zur-Arbeit-Tag in der Zeit erinnerten, als mein Vater noch im Schlachthof für Mühlenhof™ Lasagne arbeitete. Bei dem Gedanken greife ich auch heute, fünf Jahre später, noch zur Flasche. Gesagt, getan und da mein Konterbier bereits leer war, packte ich meinen Flachmann aus und nahm heimlich einen Schluck, während ich mich trabend dem Ort des Geschehens näherte. Die Polizeibeamten warteten bereits ratlos vor der verdreckten Tür des Tatorts und empfingen mich wie es einem Schüleroberhaupt-detektivs würdig wäre: Ein Küsschen auf die Backe und ein fester Griff in den Schritt. Gottseidank war er kein Priester, sonst hätte ich ernsthafte Bedenken gehabt. Er begann mir die Details zu erläutern: "Auf dem Flur befand sich Blut und die Spur führte zur Herrentoilette am Ende des Ganges. Leider haben wir uns noch nicht getraut, die Tür zu öffnen, da wir selbst schlechte Erinnerungen an diese Scheißanstalt haben. Bitte verzeihen Sie mir meine Wortwahl." - "Würd ich nie tun." antwortete ich und kicherte ^{haha} aufgrund meiner frivolen Rückäußerung. Doch der Offizier reagierte darauf nicht, was mich kurzweilig in ein tiefes Loch voller Depressionen stürzen ließ. Allerdings für höchstens 10 Sekunden. „Wir gehen davon aus, dass der Verdächtige die Toilette auf einem anderen Wege verlassen hat, oder sich noch in der Toilette befindet." fuhr er fort. „Auf anderen Wegen verlassen? Was soll er denn gemacht haben, sich runtergespült? Seien Sie nicht lächerlich. Woher wollen Sie denn wissen, dass er nicht einfach zur Vordertür rausmarschiert ist?" entgegnete ich den Polizisten vorwurfsvoll. Lediglich ein „Keine Ahnung Mann, deswegen haben wir doch um Ihre Hilfe gebeten." entsprang seinen botoxgespritzten Lippen. Nach einem 5 minütigen, tränenerfüllten Telefonat mit ihrer Mutter, fasste die äußerst männlich aussehende Polizistin mit der Augenklappe ihren Mut zusammen und öffnete die Tür mit ihren großen, behaarten Pranken. Obwohl die Polizistin mit Testosteron vollgepumpt zu sein schien, reichte der Mut nicht aus, auch wirklich einen Blick in den Raum zu riskieren. Mit quietschender Latexhose, zugehaltener Nase und halbgeöffneten Augen wagte sich letztendlich doch der Offizier in den Raum des Vergehens und klang dabei wie ein wandelndes Kondom. „Herr Schaum, nach gründlichem Inspizieren der Nasszellen können wir Ihren Verdacht bestätigen. Die Fußabdrücke auf der in Kooperation von Rosenthal™ und Villeroy & Boch™ entstandenen Porzellanbeschichtung des Waschbeckens, der Stofffetzen einer gesandstrahlten Levi Strauß™ Jeanshose, durch deren Produktion ein chinesischer Hilfsarbeiters aufgrund des entstandenen Feinstaubes, an Lungenkrebs erkrankte und letztendlich im 4m² großen Kellerraum seiner Großmutter qualvoll verendete, welcher am weit geöffneten Fenster hängt und der außerordentlich fette menschenförmige Abdruck im Gras, welcher zu sehen ist, wenn man nach draußen blickt, lässt ohne Zweifel auf Ihre ursprüngliche These bezüglich der Flucht schließen. Wollen wir nun weitere Schritte einleit-" „Ich bin da nicht ganz überzeugt, möglicherweise sollten wir in Erwägung ziehen, unsere Forensiker zu konsultieren." warf die andere Polizistin ein. Nach einer halben Minute voller fassungslosem Schweigen, wurde mir das Ganze zu bunt. Und wenn mir etwas zu bunt wird, kann das nichts Gutes verheißen, schließlich bin ich manisch depressiv. Allerdings half mir der Alkoholpegel, meine rasende Wut in Schach zu halten. Trotzdem konnte ich mir eine Aussage nicht verkneifen: „Seid ihr eigentlich komplett zurückgeblieben?" Die überaus maskulin erscheinende Dame brach in Tränen aus und fragte schluchzend ob man ihr die Trisomie 21 so sehr anmerkt. Wie es sich für einen Schüleroberhauptkommissar mit sozialpädagogischer Ausbildung gehört, reagierte ich äußerst empathisch: Ich ignorierte sie. Der Fall hatte höchste Priorität und ich hatte keine Zeit, mich um Trivialitäten wie geistige Behinderungen von deutschen Beamten zu kümmern. Was mich viel mehr interessierte war die unbestreitbare Ähnlichkeit, zwischen der Abdruckgröße im Gras und dem Körperumfang meines besten Freundes. Langsam beschlich mich das Gefühl, er könnte noch am Leben sein und meine Stimmung wechselte von „sehr depressiv" zu „etwas weniger depressiv". Nun kam mir zum ersten Mal die Idee, ihn schlichtweg anzurufen, um herauszufinden, ob die alte Fettsau noch atmet. Nach drei Pieptönen nahm er ab (Das Telefon, nicht sein Gewicht) und ich vernahm wirres Schmatzen aus dem Hörer. „Henri, bist du da?" rief ich panikerfüllt in mein Nokia™ 3310. „Klar, chill' grad im McFress™ und drück mir Pommes mit Erdbeermilchshake". Erleichtert antwortete ich „Wenn du so weiter machst, stirbst du wirklich bald an Herzverfettung" und sah den Fall als so gut wie abgeschlossen. Doch eine letzte Frage blieb übrig: Wessen Blut führte uns auf die Toilette? Just in diesem Moment huschte ein junger Mann an mir vorbei, welcher sich mindestens 7 ein halb Taschentücher an die Nase hielt und mehr tropfte als Bitches, wenn ich ihnen „Hallo" sage. Das auf dem Boden war Blut aus der Nase... Vielleicht sollte man die Einstellungstests bei der Polizei doch etwas schwieriger gestalten. Ich erklärte den Polizisten, was geschehen war, ging nach Hause und widmete mich wieder dem Alkohol.

Nachwort des 5. Kapitels: Noch mal Hermann Schaum

Hermann Schaum ließ sich nach seiner Midlife-Crisis im zarten Alter von 8 Jahren umtaufen, denn der Name, nach welchem er verlangte sollte ein Vermächtnis Sherlock Holmes' sein. Jedoch wollte er nicht zu offensichtlich bei diesem Unterfangen vorgehen und so durchströmte sein Zentrum des Denkens folgender Gedankengang: "Sherlock Holmes => Herlock Sholmes"; und da dies noch nicht patriotisch genug klang, entschloss er sich für den Namen "Hermann Schaum".

Hallo. Waren Sie schon einmal in einem Bus? Ja? Scheiße. Würd mir stinken, wenn ich Sie wär'.

Viel Spaß mit dem nächsten Kapitel, Sie Krapfen.

Kapitel 6: Ein beschissener Ausflug I

Der leicht wahrzunehmende, brisante Luftzug, welcher vom halbgeöffneten Fenster des Busfahrers Juan Rodriguez Garcia Perez kam, streifte sanft durch mein lockig-ranziges Haar. Die Fenster klapperten wie die Knochen meiner Großmutter Traudel, als sie die Stufen hinab stürzte, da sie aufgrund ihres Alzheimers vergaß, wie Treppen funktionieren und das milchige Glas, welches ihrer Augenfarbe bei der Beerdigung glich, deuteten ohne Zweifel darauf hin, dass es sich um einen DDR-Bus Baujahr `69 handeln musste. Gute alte Zeiten. Und es war unglaublich warm. So warm, dass selbst der indische Zwangsarbeiter

41

Ranjid im BurgerKing™ um die Ecke mit ausgeprägtem Akzent „Boah, ist das warm." sagen würde. Das einzige, was man in diesem Bus als Klimaanlage hätte bezeichnen können, wäre wohl das Steinschlagloch in der Heckscheibe gewesen und das nachinstallierte „Lufterfrischungssystem" war lediglich die Rückleitung der Toilettenluft in den Sitzbereich. Ein häufig Alkohol konsumierendes Individuum, welches sich in meiner Klasse befand, bezeichnete dies mit einem oberpfälzerisch angehauchten Dialekt als eine „äußerst räudige Angelegenheit". Bis dorthin also eine ganz ordinäre Klassenfahrt. Die Reise führte in die tiefsten, abscheulichsten und furchterregendsten Abgründe Deutschlands. Die saarländischen Weiten. Große deutsche Philosophen wie Friedrich Nietzsche, Immanuel Kant und Till Eulenspiegel betitelten dieses Fleckchen Erde als… ja, als was eigentlich? Man kann auf jeden Fall davon ausgehen, dass sie eindeutig nichts Gutes darüber gesagt hätten. Hier verhält es sich nämlich so wie mit Zeugnisbemerkungen: Kann man nichts Gutes über jemanden sagen, sagt man lieber gar nichts. Obwohl dieses südwestliche Bundesland auf den ersten Blick gar nicht so schlimm scheint, kann ohne Zweifel gesagt werden, dass da Böses im Busch ist. Bestätigen lässt sich diese Vermutung durch die Tatsache, dass der angrenzende ländliche Raum unter anderem Frankreich beinhaltet. Jedenfalls, genug am Saarland rumgehackt. Unser Ziel war Saarbrücken, wo wir hofften uns mit Brücken zu beglücken. Doch die Anreise sollte das erste Hindernis einer Reihe Herkulesaufgaben sein, komisch eigentlich, da wir uns gar nicht in Griechenland befanden. Jedenfalls, während der Fahrt wäre das „Lufterfrischungssystem" gar nicht so schlimm gewesen, hätte der sowieso schon meist gehasste Schüler, welcher seit 2 Stunden die Bustoilette besetzte, gestern Abend nicht Bohnen mit Mais gegessen. Dementsprechend waren wir alle

höchst entzückt, als wir das Schild eines Schach-
telwirtes erblickten, welches daraufhin wies, dass
bald ein stilles, fettiges Örtchen auf uns wartete.
Als der Bus am Parkplatz des Schnellimbisses
Halt machte, drängelten wir uns alle durch die
Tür, um dem Gestank zu entflüchten, was jedoch
den genau gegenteiligen Effekt mit sich brachte,
da wir uns minutenlang direkt neben der Bustoilette gegenseitig blockierten. Die Szene erinnerte
an den Mosh-Pit eines Death-Metall-Konzerts:
Am Boden liegende Menschen, schreiende Babys
und in Napalm getränkte Kaninchen. Nachdem
sich die Situation gelockert hatte, stürmte der
Rest der Klasse in das Gebäude, um sich mit in
Fett getränkten Kartoffelquadern zu nähren.
Doch meine Wenigkeit hatte eine gänzlich andere
Destination vor den Sehorganen. Der Lockruf der
mit Bratenfett eingeölten Schüssel zog mich ma-
gisch in seinen Bann. Außerdem musste ich derbe
scheißen. Gerade als ich meine Chance sah, stahl
mir ein unglaublich fetter Junge, welcher den

letzten Tropfen seines Erdbeermilchshakes mit seinem letzten Pommes Frites aufwischte und Diabetes auf der Stirn geschrieben hatte, die letzte freie Kabine. „Man sieht sich immer zweimal im Leben, du Arschloch" ging mir durch den Kopf. Hier stand ich also. So wie Gott mich schuf. Und mit den Klamotten, die mir meine Mutter am Morgen rausgelegt hatte. Ungeduldig wartete ich auf die Erlösung durch eine weitere Kabinenöffnung, welche Darm und Blase meinerseits Entlastung schenken sollte. Plötzlich vernahm ich das Quietschen der Türscharniere und sah meinen Lehrer aus der Toilette stolzieren. Da. Geh. Ich. Nicht. Rein. Punkt. Glücklicherweise öffnete mir das Universum (bzw. die leicht übergewichtige Dame Mitte 50) das nächste Tor zur Glückseligkeit, ich begab mich hinein und tat, was es zu tun galt. Es war so unspektakulär wie ein wahrlich unspektakulärer Film. Nachdem ich mein Geschäft verrichtet hatte und noch bevor sich mir die

Gelegenheit auftat, mir einen Happen Ranz-Essen einzuverleiben, wurden wir wieder in den Bus gerufen und machten uns nun wirklich auf den Weg zu den bereits besungenen Sehenswürdigkeiten der Stadt. Als wir die Hauptstadt des kleinsten richtigen Bundeslandes besichtigten, nahmen wir uns zunächst das Ziel, die schönsten Bauwerke zum Zwecke der Flussüberquerung zu begutachten. Doch das Beglücken fand ein Ende, denn die Lücken in den Brücken brachten einem Schüler verzücken, wie Ananasjoghurt mit ganzen Stücken zu verdrücken. Sowas passiert auch nur in Saarbrücken... Die anmutige Höhe, auf der er sich befand, gab ihm das Gefühl gewisser Schwerelosigkeit und ehe die Lehrer hätten eingreifen können, ergriff ihn die Freiheit des Vaterlandes und befreite ihn von dem Leid der Existenz. Er machte einen Köpperer, welchen er graziös mit einer um 45° gedrehten Dreifachschraube und einem anschließenden, doppelten

Rückwärtssalto einleitete. Eine Technik, die normalerweise nur wahren Turmspringmeistern, wie Gary Hunt vorbehalten war. Deshalb bezahlte er dafür auch mit seinem Leben. Ich würde ihm trotzdem eine Solide 9,5/10 geben. Halber Punkt Abzug, weil der Eintritt ins Wasser nicht sanft genug war.

Nachwort des 6. Kapitels: Standard

Wie ihr seht, ein ganz normaler Einstieg in eine Klassenfahrt.

Vorwort des besten Kapitels: Druck

Da wir uns zum ersten Mal in der Entstehungsgeschichte dieses Druckwerks in einer künstlerischen Blockade befinden, haben wir uns entschlossen, unsere tiefsten, melancholischsten und seelenzerreisendsten inneren Emotionen auszuschütten und euch, lieben Lesern, einen Einblick in unser Innerstes zu verschaffen. Folgendes Kapitel wird Ihnen die Augen gänzlich öffnen. Sie werden in den höchsten Ebenen psychischer Verwirrtheit schweben, da Sie weder den Kontext unserer Gedankengänge kennen, noch intelligent genug sind etwas von diesen überaus komplexen Vorgängen zu verarbeiten. Dennoch wünschen wir Ihnen höchstes Vergnügen beim Lesen dieses Kapitels.

Das beste Kapitel: Der Fiebertraum

Ich befand mich in einer rosarot mit flauschiger Pantherhaut überzogenen Gummizelle, welche sich über eine Fläche von rund π Quadratlichtjahren erstreckte und sich aufgrund der stetig expandierenden Universenwende vor mir verflüchtigte, da meine Kunstlehrerin den Flucht- sowie Bezugspunkt auf meine Stirn legte. Die alte Fotze. Nicht mal Physik studiert, mir aber etwas von Quantenmechanik erzählen wollen. Plötzlich stand aufgrund „einiger" Quantenfluktuationen ein Lila-Gelb gefleckter Nashorntiger neben mir und fragte, ob ich denn an seinem Crackhorn lutschen wolle. Und auf einmal sah ich einen Baum, der Photosynthese betrieb und mir mein wertvolles CO_2, welches ich noch für den Klimawandel gebraucht hätte, stahl. Ab da wusste ich, dass etwas suspekt war. Ich begann die Scherben der Ming-Vase, welche meine letzte Nacht symboli-

sierte, zusammenzuflicken, was sich jedoch er-
schwerte, da es sich als knifflig entpuppte, Kera-
mik mit Nadel und Faden zu fügen. Ich stellte mir
selbst die Frage, was ich mir gestern alles einge-
worfen hatte… Nur n' bisschen Roastbeef, n'
Hühnchen, 'ne Pizza und 'ne fette Ladung Ko-
kain. Aber das kann es ja nicht gewesen sein - es
traf mich so wie der Blumentopf meines pädophi-
len Nachbarn, der mich aufgrund meines zu langen Haarschnitts mal wieder mit einer äußerst
muskulösen Grundschülerin verwechselte und
versuchte, mich auszuknocken - es war die seit
zweieinhalb Jahren abgelaufene Cola Zero, welche sich hinter dem Duschkopf in der unteren linken Ecke meines Kühlschranks befand und die
ich nur durch den Frühjahrsputz Mitte November
fand. Ohne Zweifel musste es sich um ein äußerst
starkes Halluzinogen handeln, da ich, als 11-Jäh-

riger, sonst unmöglich solch eine Vorstellungskraft besitzen könnte[1]. Dass ich mich nicht in einer Gummizelle sondern in der Schultoilette befand, bemerkte ich einige Sekunden später, als ich mich meiner gestrigen Mahlzeiten entledigte. Leider habe ich die Kloschüssel verfehlt, aber das macht nichts, schließlich ist der Weg ja das Ziel. Außerdem macht die Osteuropäische Putzfrau Olga, welche mit dem transsilvanischen Hausmeister Draf Gracula liiert ist, das schon weg. Und obwohl ich mir meiner momentanen kognitiven Unfähigkeit bewusst war, konnte dieser beschissene Nashorntiger nicht aufhören, meine Zehennägel in siedendem Wasser zu kochen, während er genüsslich den Honig aus meinen Haaren schleckte. Dieser Ekelhafte. Jedoch kam er damit nicht weit, als Henri auf einem gigantischen Ananasmilchshake mit ganzen Früchten

---

[1] Ganz gegenteilig zu einem äußerst attraktiven, sympathischen und bescheidenen Autorentrio.

angeritten kam, um mir zu Hilfe zu eilen. Nachdem er aus dem Handstand im Galopp vom Shakebecher absprang und nach einer halben Drehung in der Luft auf Zehenspitzen vor mir landete, sprach er mich vorwurfsvoll an: „Du sitzt schon am Scheißhaus und schaffst es nicht mal ins Klo zu kotzen? Smh my head. Tief in mir wusste ich schon immer, dass du ein kleiner Dreckspatz bist." Auf die Frage, ob er den Nashorntiger auch gesehen hätte, antwortete er nur, dass ich doch bitte meine Fresse halten solle, da ich schon wieder besoffen sei. Freudig erwiderte ich, dass er fett sei und ich lediglich eine abgelaufene Cola zu mir genommen hätte. Das Koks verschwieg ich ihm, da ich mir sicher war, dass dieses nicht der Auslöser für meinen Rausch gewesen sein konnte. Plötzlich verpuffte er in weiß-pinkem Rauch, als wäre er nie hier gewesen und einige Sekunden später kehrte er mit einem umgedrehten Sombrero zurück und behauptete,

einen Kurzurlaub in Mexiko mit asiatischen See-
bären gemacht zu haben. Der entscheidende Fak-
tor, der hierbei beachtet werden muss ist, dass
diese im Gegensatz zu Einhörnern gar nicht existieren. Deshalb konnte ich mir sicher sein, dass er
mich angelogen hatte.

Nachwort des besten Kapitels: Anekdoten eines
Ausnüchternden

Die Frage ist: woran hat's gelegen?

Vorwort 1 des 8. Kapitels: Empfehlung

Eine spanische Gitarre und der Google Übersetzer sollten bei folgendem Kapitel (und Vorwort) stets zur Hand sein.

Vorwort 2 des 8. Kapitels: Der Laktote

Hola Amigos. Mein Name ist Frederico Frigorífico Fernandéz Muerto und hier liege ich. Vollgeschissen und mit Barbeque Soße auf meinen Pechos. Wie mein Leben derartig aus den Ranuras geraten konnte, möchte ich euch nun näherbringen. Es begann an einem kühlen Noche de Verano im año 1969, als meine Liebe zur Milch begann mir zum Verhängnis zu werden. Ich machte eine schockierende Entdeckung, die stark mit der Viskosität meines Stuhlgangs zu tun hatte, nachdem ich einen durstlöschenden Zug meiner heißgeliebten Leche zu mir nahm. Intolerancia a la lactosa. Das war ein mieser Schlag in die Cojones. Ich wusste nicht, warum mir die Welt eine solche Bürde auferlegte, doch an diesem Tag beschloss ich, el Destino zu verfluchen. Vorerst schaffte ich es, lediglich nur jede Sommersonnenwende einen Schluck zu mir zu nehmen, doch meine Padres versuchten verzweifelt unsere Liebe zu unterdrücken. Also verließ ich la Familia an meinem 18. Cumpleaños und zog nach Alemánia, um ungestört des Euters Honig zu mir zu nehmen. Doch ohne den Rückhalt meiner Familie begann meine Passion zur Sucht zu werden und bald hatte ich einen mit reichlich Milch und BBQ Soße gefüllten Kühlschrank. Auf der Toilette, versteht sich ja von selbst. Doch warum BBQ Soße fragt ihr euch? Nun ja, wenn man Grillfleisch auf der Toilette mariniert, gibt das der Speise einen exklusiven Touch. Außerdem liebe ich es, Queso mit BBQ Soße zu verspeisen. Was als nächstes passiert ist, könnt ihr euch vermutlich schon denken. Eines verschissenen Freitagabends, nahm ich zu viel Milch auf und erlitt explosive Diarrhö. Die Toilette musste sich gefühlt haben, wie ein Schützengraben im zweiten Weltkrieg. Mein Geist verließ meinen kubanischen Astralkörper, der nun hier weilte, als ich episch dehydrierte. Hätte ich diese Geschichte überlebt, hätte mich der Anblick des Lokus in meinen Träumen heimgesucht.

Kapitel 8: Spu(c)k auf der Herrentoilette

Es war ein mittelmäßiger Mittwochmittag mit Molybdändunst in der Luft. Die Sonne schien, sodass die Hundescheiße, die ich selbst vor- und an der Tür platzierte, langsam dem nahezu widerwärtig-steifem und eingetrockneten Körper meiner Großmutter Edeltraud, zwei Stunden nach ihrem holprigen Treppenritt, ähnelte. Bei der soeben bestuhlten Tür handelte es sich um keine andere, als die meines kleinen Bruders. Das Türschild, welches einst seinen Namen schilderte ließ nun nur noch schwer die Buchstaben D und m erkennen. Was ich vor lauter Prüfungsstress jedoch nicht bedachte, war die unsichtbare Hand des Kapitalismus, die ihre Wichsgriffel doch überall im Spiel hat! Und damit meine ich, dass mein Bruder momentan absent ist. Wohl oder übel wird er mein Geschenk wohl erst entdecken, wenn das Beste daran – der ästhetische Geruch – verloren gegangen sein wird. „Naja, scheiß drauf" dachte ich mir, während ich meinen Glückskorken für das heutige Examen an der Universität meines Vertrauens einpackte. Diese Prüfung war die schwerste und wichtigste des gesamten Studiums – nein. Meines ganzen Lebens. Eine Prüfung, die ich auf keinen Fall verkacken durfte. Doch wie Gott es so wollen würde, sollte der alte Quacksalber wirklich existieren, sollte meinem Verdauungstrakt das 2,39€ BBQ-Sandwich von Lidl^{TM} zum Verhängnis werden. Nachdem mein Bus an meiner Destination *angekam*, folgte ich meiner üblich–routinierten Route, welche mich an den schrecklichen sanitären Anlagen der Fakultät vorbeiführte. Der Anblick brachte mich – so wie der Finger einer an Bulimia nervosa Erkrankten – beinahe zum kotzen. Zum Glück hatte ich daran gedacht, Obama bereits zu Hause ins Weiße Haus zu setzen und deshalb war ich mir sicher, nie diese Kackkammern neu streichen zu müssen. Doch 140g billigsten Hackfleisches machten mir diesen Vorsatz zu Nichte. Denn keine 30 Minuten nach Prüfungsbeginn und nicht einmal eine Stunde nach Verzehr der belegten Billigkeit aus schlechter Weizenbackware und zerhackt gebratenen Roadkills machte mein Magen mehr Heckmeck, als er wegen eines Sandwiches eigentlich hätte machen dürfen. Die Gase, welche sich in meinem Magen zusammenbrauten, sollten niemals die bewohnte Außenwelt betreten, da sie selbst das berühmt berüchtigte Zyklon-B in Sachen Tödlichkeit und Grausamkeit bei weitem in den Schatten stellen würden. Ich versuchte mit all meiner Macht dagegen anzukämpfen, doch der Druck in meinem Inneren staute sich auf, wie es das Wasser in den Niagara-Fällen nicht tut. Mein Glückskorken hatte mich bisher vor diesem Schicksal bewahrt, doch seine spirituelle Aura schien mit jedem verdauten Stück weiter ins Schwanken zu geraten. Bis sie kippte. Und ich rannte – diese Welt verfluchend – auf den Ort, den ich niemals zu besuchen geschworen hatte.

Bereits schweißgebadet öffnete ich die seltsamerweise nicht knarzende Tür der Herrentoilette und brüstete mich bereits für das Schlimmste. Ich mag Brüste. Leider sind die einzigen Brüste die mich hier erwarten könnten, höchstens die meines 47-Jahre alten Wirtschafts-Dozenten, der seinem Sohn Henri einen geschätzt 18 Jahre langen Vorsprung in Sachen Fastfood-Abhängigkeit unter die Nase reiben kann. Ich kehrte nach diesem leicht unangenehmen Gedanken sofort in die scheiß Realität zurück. Noch immer fragte ich mich, weshalb ich in genau der Timeline lebe, in der ich es nun mal tue. Und noch immer fragte ich mich, weshalb diese verdammte Tür nicht knarzte. Könnte des Rätsels Lösung etwa im bizarren und dennoch erregenden WD-40 Fetisch des drittklassigen Hausmeisters liegen? Doch bevor ich diesen Gedanken weiter ausbauen konnte, machte ich eine zwar im Erwartungshorizont liegende, aber dennoch unschöne Entdeckung. Mein Unterleib wurde undichter als Goethes Nase mit zwei Faust in der Fresse. Ich rannte schneller als deutsche Touris auf Malle, die morgens um 7 eine Liege mit ihrem Handtuch für das kostenlose Wendler-Konzert am Abend reservieren wollen. Glücklicherweise waren alle Kabinen frei, weil normalerweise kein Mensch, der noch bei vollem Verstand ist, auf öffentlichen Toiletten sein großes Geschäft verrichtet. Ich als stolzer Atheist betete zu meinem Glückskorken, dass diese Sitzung zumindest zügig abgehandelt sein würde und in dem Moment in dem ich dachte, das BBQ-Sandwich hätte bereits genug Schaden angerichtet, passierte etwas.

„Dein Talismán ist hier Wertlos, bastardo."

60

Eine Stimme, als wäre sie von WD-40 geölt glitt durch meine Ohren. Solch ein zartes Stimmchen, kombiniert mit dieser makabren Wortwahl konnte nur auf eine Abstammung aus dem nord-südlichen Kuba schließen lassen.

„Welcher Schlingel schleicht sich in meine über-aus geräumige Kabine?" entgegnete ich mutig scheinend, doch vor Angst und Druck in die Schüssel scheißend. Was jedoch nicht allzu schlimm war, schließlich war ich deswegen ja hier. Doch die erdrückende Frage, wer oder was sich an meiner Anwesenheit ergötzte, stand noch immer im Raum.

„Du hast Cojones hierher zu kommen, kleiner Casa-tío. Einst stand hier el Baño de más glori-osamente, mit einem Frigorifico gefüllt mit des Gottes Gütern."

Wie die hochintelligent rational denkende Per-son, die ich bin, machte ich mir Gedanken, ob diese Stimme der Anfang einer tragischen Schizophrenie-Erkrankung sei, welche unmittelbar zum Ende meiner Anwaltskarriere führen würde und mich nur noch als drittklassigen Statisten in einem schlechten Ghost-Busters Abklatsch qualifizieren würde. Ich ging in meinem photographischen Gedächtnis jede einzelne Diagnose durch, welche ich jemals von meinem überaus vertrauenswürdigen Hausarzt Dr. Jekyll erhalten hatte. Komischerweise war dieser nach 9 Uhr nie erreichbar, doch das war wohl eine andere Geschichte. Allerdings wurde mein gründliches Überlegen abrupt durch das eindeutig nicht knarzende Öffnen der Tür unterbrochen. Wer hereinsteppte war niemand geringeres als der sexuell frustrierte Hausmeister Fridolin Quecksilber, der neben seinem seltsamen Fetisch auch noch mit seiner sexuellen Orientierung zu kämpfen hatte. Er kam herein, um noch einmal sicher zu gehen, dass wirklich nur eine Person auf der Toilette ist, um Unterschleif zu präventieren. Jedenfalls dachte ich so. Ich wollte bereits kundgeben, dass bei mir alles in Ordnung sei, was es natürlich nicht war, jedoch wollte ich höflich bleiben. Bis mich diese Stimme wieder durchdrang. Sie flutschte wieder durch meine Gehörgänge als sei sie mein mit Speichel benetzter kleiner Finger im Ohr des Nerds meiner Klasse in der Grundschule gewesen.

„Wer wagt es meine habitación der Geschmacksexplosionen zu betreten?"

Wieder nahm ich mir mein Bigbrain zur Hilfe, um jeden Moment in meinem Leben durchzugehen, in dem ich jemals diese verfluchte Stimme wahrgenommen habe. Plötzlich traf es mich wie der Blitz:

Es war die äußerst sonderbare Durchsage in meinem Erstsemester an der Universität. Der Hausmeister verkündigte mithilfe seiner hochentwickelten Fernsprechtechnologie eine Anregung seinerseits: „Die Studentinnen und Studenten dieser fakultären Einrichtung möchten bitte unterlassen, die scheiß Baños mit ihrer verfickten Leche zu besudeln." Bereits damals kam mir hier etwas höchst spanisch vor.

Um meine Hypothese zu überprüfen, versuchte ich, ihn aus seiner Reserve zu locken. „Komm raus aus deiner Reserve!" rief ich, um ihm ganz subtil zu vermitteln, dass ich ihn aus seiner Reserve ziehen wollte. Doch als dies keinen Anklang fand, musste ich zu anderen Mitteln greifen. Also griff ich zu anderen Mitteln: Dem Klopapier. Doch als selbst das Klopapier nicht den gewünschten Effekt erzielte, was eindeutig auf der Hand lag, fragte ich mich, was zum fick ich hier überhaupt zu treiben vermochte. Ich schob nun seit gefühlt 18,7 Minuten eine halbe Panikattacke auf dem Schulscheißhaus, was mich durchaus perplexte, da ich immer dachte, ich würde auf dem Schulscheißhaus mindestens eine

Ganze bekommen. Das einzige Gute an der derzeitigen Hausmeister-Situation war wohl, dass ich vergaß, wie ekelhaft abgeranzt dieses Klo eigentlich war. Des Weiteren hatte ich eine Prüfung zu schreiben. Scheiße. Also beeilte ich mich, mein Geschäft zu beenden, ohne einen weiteren Gedanken, an den Hausmeister zu verschwenden. Doch dieser Plan war wohl ein Schuss in den Ofen, denn kurz bevor ich meine Sitzung abschließen konnte, sprach mich dieser Unhold durch die 3cm dicke Pressspanplattentür mit Polymerüberzug erneut an. „Sag mal Jungchen, du hast den Wert der durchschnittlichen Toilettenzeit bereits um ein Fünffaches angehoben. Stochastik war ja schon immer meine Leidenschaft, man munkelt es sei etwas wie mein kleiner Fetisch."

„Alter, laber mich nicht mit deiner überaus uninteressanten Mathe-Kacke voll, ich studier' Jura, Bruder." antwortete ich äußerst zurückhaltend.

„Cabrón, auf dem Pot ist egal, was du studierst. Auf dem Pot bist du auf dem Pot." entgegnete mir die furchterregende Stimme. Auf einen Schlag verbanden sich die einzelnen Stränge dieser Szenerie zu einem Stranggebinde, welches im Volksmund besser als Stranggebinde bekannt ist, da es ein verwobenes Gebinde aus Strängen darstellt. Dieses Stranggebinde nahm nun die Form einer Schlinge an, welche danach lechzte, mir das Genick zu brechen, denn ich erkannte, die Herkunft des Hausmeisters im Hinterkopf behaltend, dass der aus Sansibar stammende, mit indisch-pakistanischen Wurzeln versierte Hausmeister, niemals einen solch ausgeprägten spanischen Akzent besitzen könnte. Eindeutig musste hier schwarze Possessierungsmagie am Werk gewesen sein, jedoch fühlte ich mich stark genug, diesen dunklen Mächten entgegenzutreten. Also gab ich ihm eine Linke, da ich für meine Rechte nicht gut genug vorbereitet war, nachdem ich mein Geschäft abschloss und die Kabine verließ. Da der Alte schon seine besten Jahre hinter sich hatte und sich meine linke Rückhand als ausgesprochen effektiv bewies, stieß er taumelnden Schrittes mit seinem Os occipitale (oder kurz Occiput) an die Stirnseite des Wasserklosetts, was sich, nach ICD-10 Klassifizierung, als intrakranielle Verletzung herausstellte. Diese Sorgte mit der daraus hervorgehenden epiduralen Blutung und der Schädelfraktion zu einem zügigen Ableben seinerseits. Ich mag Züge.

Nachwort des 8. Kapitels: Probieren geht über Studieren

Nachdem unser überaus beliebter Student den Tatort verließ, widmete er sich der Krise existentieller Monumentalität, das Examen wortwörtlich verkackt zu haben. Um seinen Kummer zu ertränken, griff er, statt der geläufigen Methode, „Waterboarding", zu der weniger ausgereiften Praktik des Alkoholmissbrauchs. Allerdings wäre er von diesem Schicksal früher oder später sowieso nicht verschont geblieben, da er sich für das in Trostlosigkeit und Alkohol getränkte Leben eines Studenten entschieden hatte. Glücklicherweise ist er nicht in den Vereinigten Staaten aufgewachsen, denn hier kann er das hart verdiente BAföG für den edlen 6€ Vodka von der Tanke ausgeben. Ehrenmerkel.

Vorwort des 9. Kapitels: Fallakte Z1

15.06.20XX:

Der Mord am allseits beliebten Hausmeister Fridolin erschütterte das Universitätsleben in seinen Grundfesten. Wichtige Fragen erblickten das Tageslicht, Fragen die nie hätten gestellt werden sollen. Wer sollte nun die verstopften Toiletten befreien, wenn diese nur so von Menschendreck überquollen? Wer sollte nun dafür sorgen, dass die seltsamerweise nicht knarzende Tür auch seltsamerweise weiterhin nicht knarzt? Wer sollte nun den spanischsprachigen Austauschschülern eine wohlvertraute Atmosphäre exotischer Beleidigungen, die diese bereits aus ihrem Elternhaus erbten, darbieten? Es musste also ein neuer Hausmeister her. Doch wie meine Oma stets zu sagen pflegte: Vorsicht ist besser als zwei zu Tode ermordete Hausmeister im Klosett des Universitätshauptflügels. Deshalb musste dieser Fall so professionell gehandhabt werden, wie ein laut

§21 OWiG: Zusammentreffen von Straftat und Ordnungswidrigkeit. Da sich alle gewöhnlichen Kriminalhauptoberkommissare im Landkreis mit diesem Fall überfordert fühlten, musste mit einem anderen Kaliber gearbeitet werden.

Kapitel 9: Mord auf einer weiteren Herrentoilette

Der Tatort war grauenvoll. Übersät mit menschlichen Exkrementen und inmitten liegend, die Leiche der einzigen Person, die gewappnet gewesen wäre, sich der Reinigung anzunehmen. Allerdings war der Tatort geziert von Hirnmasse und Teilen des Okzipitallappens, was für eine Universitätstoilette durchaus ungewöhnlich war. Viel erschreckender war jedoch der Fakt, dass die Tür trotz der 125 leeren Dosen WD-40 im Abstellraum des Hausmeisters immer noch nicht knarzte. Dieser Fakt störte den gerade eingetroffenen Oberschülerhauptdetektiv massiv. Um mehr über das Opfer dieser frevelhaften Missetat

zu erfahren, nahm der Detektiv eine schmack-
hafte Probe der Großhirnrinde, die sich bereits
auf eine angenäherte Kreisfläche von circa
$31{,}4\text{cm}^2$ erstreckte, indem er seinen Finger in die
mittlerweile nicht mehr sehr frische, unnatürlich
entstandene Kopföffnung tauchte und diesen an-
schließend abschleckte. „Ganz klar, dieser Mann
mochte Stochastik." Gab der Kommissar überzeugt von sich, während sich seine Forensik-As-
sistentin wohlbesonnen auf den Boden neben der
Toilette übergab. Ihn störte das nicht, seine Assistentin anscheinend schon. Das Geräusch, das
die gekauten Reste des Fitnesssalats mit gebratenen Putenbruststreifen, welche durch ihre Speise-
röhre mit einem Druck von 0,6 Bar schossen, von
sich gaben, irritierten den Detektiv sichtlicher
Weise, da er immer vermutet hatte, seine Mitar-
beiterin lebe vegan. Als er jedoch diesen kurzen
Moment der Konfusion überwunden hatte, half
ihm das wasserfallartige plätschern des Erbroche-
nen, einen Moment der Ruhe und des Fokus zu

generieren. Sein räumliches Vorstellungsvermögen verdreifachte sich, was ihm ermöglichte die hier vorgefallene Kampfhandlung rekonstruktiv zu visualisieren. Er folgerte, dass der Täter aus der dritten Kabine von rechts kommen musste, da die Flugbahn des Hausmeisters, sein Enophthalmus und der Schaden am Pissoir nur aus diesem Winkel zustande kommen konnten. „Theoretisch hätten sich die Knöchelabdrücke in der linken Hälfte des Gesichts des Reinigungsfachmannes auch von einer gezielten rechten Faust ableiten lassen können, jedoch genieße ich mehr die Kunst des Integrierens, weshalb ich auf eine linke Rückhand tippe." Sichtlich beeindruckt von der Tatort-Rekonstruktion des Oberschüleroberhautpdetektivs begann die Gehilfin ihren Brechreiz zu kontrollieren, was allerdings eine Fokus-störung des Oberschüleroberhauptkommissardetetkivs zur Folge hatte. Er hatte wieder dieses brennende Gefühl des Hasses auf der Seele, welches normalerweise in eine stabile linke Rückhand münden würde, allerdings erinnerte er sich in solchen Situationen, dass er keine Frauen schlägt. Zumindest nicht mehr seit dem tragischen Vorfall von 2006. Über 2006 reden wir nicht. Um seinem aggressiven Impuls ein Ventil zu bieten verfehlte er ihre Visage gewollt um knapp 69 mm und traf stattdessen eine unglücklich an dieser Stelle verankerte Tür. Man konnte vom Glück sprechen, dass es sich lediglich um eine gewöhnliche, gefühlslose, genormte DIN 18101 Tür handelte, weshalb eine Anzeige für schwere Körperverletzung entfiel, dessen beiläufiges Schmerzensgeld ohnehin das Budget des von dem Oberschüleroberhauptkommissaroberdetetektivmeister angesparten Taschengeldes überstiegen hätte. Es traf zufälligerweise die dritte Kabine von rechts, was den Oberschüleroberhauptkommissaroberdetetektivehrenmeister auf eine gänzlich neue Spur führte. Er entdeckte die Überreste, die auf ersten Blick auf Bierschiss deuten ließen, bei genauerem Hinsehen jedoch ein neues Licht auf die

Situation warfen. Es konnten eindeutig die verdauten Reste von mit Antibiotikum vollgepumptem Billigfleisch identifiziert werden. Diesem Sachverhalt musste nachgegangen werden, da wie bereits geschlussfolgert, der Hausmeisterschlächter in dieser Nasszelle verweilt haben musste. Für die Inspektion wurde zu altbewährten Mitteln gegriffen. Der Finger wanderte zielbewusst in den Bereich, in den kein bloßer Finger jemals zielbewusst wandern sollte. Schlimmer war lediglich das Ziel, das der Finger auf seiner Rückreise anstrebte. Die Assistentin sah bereits ihr kurzes, unerfülltes Leben an ihren Augen vorbeiziehen und fasste den Entschluss ihn aufzuhalten, doch ehe sie zu irgendeiner Aktion bereit war, stoppte der Finger kurz vor seiner Nasenspitze von selbst und Erleichterung durchdrang ihren Unterleib. Er nahm einen kurzen Atemzug. „Das stinkt nach Rechtswissenschaften." Das einzige das nun noch an detektivistischer Arbeit geleistet werden musste, war den Jurastudenten ausfindig zu machen, der diese Gräueltat begangen hatte. Die Dozenten konnten generell ausgeschlossen werden, da diese es bevorzugten, sich im Starbucks gegenüber zu entledigen, da es dort noch sauberer war, als auf den Campustoiletten. Allerdings gab es eine Ausnahme. Aufgrund seiner weitläufigen Vernetzung fiel ihm der Name des einzigen Dozenten in den Schoß, der die Toiletten des Universitätsgebäudes auch zu verwenden pflegte. Glücklicherweise war dieser Mann der Vater des einzigen Freundes, der ihm trotz seiner fünf Rückfälle während der Rehabilitation noch geblieben war. So begab sich der Oberschüleroberhauptkommissaroberdetetektivoberehrenmeister, begleitet von seiner Forensik-Entourage bestehend aus seiner leicht traumatisierten Assistentin und seiner multiplen Persönlichkeitsstörung, zum adipösen Wirtschaftsdozenten. An der Pforte des Wissens, mit anderen Worten, dem Lehrerzimmer, empfing die Helden neben der exquisiten Duftnote von tieffrittierten Marsriegeln auch der Ursprung dieses nasendurchdringenden Aromas: Der Mann, nach dem sie suchten. Unheilvoll drehte er sich auf seinem Lederrolltuhl, welchem deutlich anzusehen war, dass er nicht auf die Gewichtsklasse des darauf Sitzendem zugeschnitten war, zu ihnen. „Ich habe Sie bereits erwartet, Herr Schaum." Die Dramatik wurde der Situation jedoch fast sofort genommen, als er statt einer Katze auf seinem Schoß nur seine durchaus erregende Wampe kraulte. „Ich meine, ich habe wonach Sie suchen. Jedoch ist das einzige, das mich dazu leiten könnte, mein Gesäß aus diesem Sitzmobiliar zu führen, das vom Fettblubbern untermalte, helltönige Klingeln der Fritösenglocke, am anderen Ende des Raumes. Ich mag Glocken." Stillschweigend deutete er auf den Papierstapel welcher sich auf seinem Schreibtisch, neben dem Bild seines leicht korpulenten Sohnes befand. Vergraben unter bemitleidenswerten Wirtschaftsklausuren und mittelmäßigen Schmuddelheftchen fand der Ermittler eine

Liste der Toilettenbesucher am Tage des Verbrechens, die der Hausmeister vor seinem Ableben vorbildlich erstellte. Als Täter konnte also nur noch der letzte Name auf der Liste in Frage kommen.

Nachwort des 9. Kapitels: Fall abgeschlossen

„Lediglich für meine Genugtuung muss jetzt noch sichergestellt werden, dass der Mistkerl auch wirklich Jurastudent ist und wenn das erledigt ist, sollte er aufpassen, in welcher Gesellschaft er es sich leisten kann, die Seife fallen zu lassen."

Vorwort des 10. Kapitels: Verantwortung

Das überaus verantwortungsbewusste Autorentrio weiß seinen korrekten Umgang mit Drogen zu schätzen und ist sich stets bewusst, dass des einen Müll auch des anderen Suchtmittel sein kann. Und wenn das Suchtmittel ein abgefahreneres High als abgelaufene Coca-Cola im eigentlichen Gemüsefach im Abklatsch eines Siemens-Kühlschranks induziert, dann führt das den Ein- oder Anderen durch dunkle, schmierige, verruchte, versiffte Gassen, in denen sich neben abgeranzten Obdachlosen auch mit Pisse gefüllte Bierdosen finden lassen können. Allerdings sind diese Seitenstraßen noch auf der angenehmeren Seite, da solche Gassen noch viel mehr negativ konnotierte Attribute tragen könnten. Im schlechtesten Fall führen dich diese von Häuserwänden abgegrenzten Sträßlein in die süße Erlösung des Todes, doch falls die Würfel des Schicksals dich auf den längeren, unangenehmeren Weg schicken wollen, landest du möglicherweise in der, neben

Yoga-Clubs, wohl niedersten Art der untermenschlichen Zusammenkunft. In einer verschissenen Selbsthilfegruppe.

Kapitel 10: Die Selbsthilfegruppe

Geplagt von seiner schrecklichen Vergangenheit, auch wenn es erst vor ungefähr, nach grob geschätzter Hochrechnung von π mal Daumen, 27,187 Stunden geschah, musste er lernen, mit seiner frevelhaften Missetat zu leben. Da er seines Erachtens nach keine handfesten (also keine mit dem Schraubenschlüssel festgezogenen) Beweise, die zu seiner Überführung führen könnten, hinterließ, sorgte er sich nicht um potentielle Folgen seiner Straftat und flüchtete noch nicht nach Argentinien, wie es ein berüchtigter deutsch-österreichischer Verbrecher bereits vor ihm tat. Jedoch änderte das nichts an der Tatsache, dass er nachts schweißgebadet mit Schlafparalyse aufwachte und die Bilder des Mordes vor seinem geistigen Auge ablaufen sah. Er dachte, dass er dagegen wohl etwas unternehmen müsste, um seine ohnehin schon von Trauer geprägte Existenz, nicht auch noch von einer depressiven Wolke schwuler Schuldgefühle überschatten zu lassen. Er tat also, was man heutzutage so tut, wenn man dringend die Lösung zu einem wichtigen Problem sucht. Er googlete. Neben Do-It-Yourself-Tutorials für Schlingen des einmaligen Gebrauches fand er eine dubios scheinende Website mit einer dubios scheinenden 0800-Rufnummer und einer dubios scheinenden Selfmade-Psychologin, deren dubioses Berufsfeld sich eigentlich auf den fachlich korrekten Umgang mit dubiosen Heilsteinen beschränkte. Und so trug es sich zu, dass er, aufgrund der Tatsache, dass er sich, so wie jeder normale Mensch, der kein Psychopat ist, der die Milch vor dem Müsli in die Schüssel kippt, nicht weiter als auf die zweite Seite von Google bewegte, an dieser Seite hängen blieb. Ohne weiter die Website zu inspizieren, machte er sich auf den Weg zum angegebenen Treffpunkt. Natürlich bediente er sich der Technologie des motorlosen, pedalgesteuerten Zweirads, dessen Effektivität durch die Kraftübersetzung von zwei, mithilfe einer Kette verbundenen, Zahnrädern verstärkt wird, da es unmoralisch wäre, alkoholisiert ein fremdes motorisiertes Vehikel zu führen. Sein von einem Großkonzern überwachtes Navigationssystem führte ihn durch die Ghettos der Universitätsstadt; die Studentenwohnblocks. Nach 31,4159265 Minuten kam die hausmeistermordende Brut vor dem rustikalen, von Vogelmist benetzten Haus an. Gediegen warf er sein Fahrrad in die nächstgelegene, mit einigen negativ konnotierten Adjektiven besudelte Gasse und traf dabei zielsicher einen möglicherweise bewohnten Restmüllcontainer. Glücklicherweise hatte er bereits seine zweite Flasche Wodka getankt und fühlte sich dementsprechend, als hätte er seine Adidias-Spendierjogginghosen angezogen. Wäre er nüchtern gewesen, hätte er den

Drahtesel bewusst gegen die Stahlschrotttonne des Meisters seines Eisenpraktikums katapultiert. Fokussiert betrat er das Gebäude, um möglichst nüchtern zu wirken, was definitiv den gewünschten Effekt erzielte, da er lediglich dreimal über seine eigenen Füße stolperte. So taumelte er, schwankenden Gemütes, die seltsamerweise nicht knarzenden Akazienholzdielen der aus dem 19. Jahrhundert übergebliebenen Haupttreppe des von außen unbewohnt scheinenden Anwesens nach oben. Das Nichtvorhandensein eines, für das menschliche Gehör üblicherweise als unangenehm empfundenen Geräusches, welches eine diskrete Frequenz besäße, machte dem ohnehin schon intoxikierten Jurastudenten zu schaffen, da es ihn gedanklich an den Tatort mit ähnlich nicht vorhandener Geräuschkulisse zurückwarf. Apropos zurückwerfen, das Erklimmen des zweiten Stockwerks beanspruchte einen größeren Zeitraum, als von ihm fälschlicherweise angenommen, da ihn die Schwerkraft hops nahm. Allerdings zog er sich keine größeren Verletzungen zu, weil seine Familie bereits seit zwei Generationen die große Kunst des Treppenreitens praktizierte. Zwar gab es anfängliche Startschwierigkeiten aber wenigstens der Enkel ist jetzt Konkurrenzfähig. Nachdem er die Treppenwanderung gen zweites Obergeschoss beinahe vollendet hatte und keuchend nach einer Verschnaufpause ächzte, konnte er sich noch gerade so an die obere rechte Ecke des Treppengeländers retten, welche ihm Stabilität in dieser unsicheren Zeit spendete. Er folgte den, aus Papier ausgeschnittenen, mit schwarzem Edding™ beschrifteten Pfeilen, die den Suchenden an die mit X markierte Stelle zu führen hatten. Der Weg leitete ihn vorbei an mehreren Abstellkammern, von denen die Hälfte zur Hälfte mit zur Hälfte gefüllten WD-40 Dosen gefüllt waren. Einerseits triggerte dieser Umstand seine Tetris-Neurose, andererseits ließen ihm die zur Hälfte gefüllten Dosen einen kalten Schauer über den Rücken gleiten, auch wenn er den Ursprung dieses Gefühls nicht einzuordnen wusste. Die Reise endete vor einer überaus durchschnittlich aussehenden Glastür. Würde man versuchen sie genauer zu beschreiben, würde einem lediglich der Satz „Naja, ist halt ´ne Tür, aus Glas" in den Sinn kommen. Die mittlerweile unüberraschenderweise nicht knarzende Türklinke bewegte sich gleitend nach unten, sein Blick schweifte durch den von einem Stuhlkreis gezierten Raum und er erblickte einige erschütterte Gesichter trauriger Existenzen und die traurigen Existenzen erblickten sein erschüttertes Gesicht. Inmitten dieser befand sich die Kursleiterin, die ihn mit einem Lächeln, das Unbehagen auslöste, begrüßte. „Guten Morgen, mein Freund der Sonne! Ich spüre, das Universum hat dich geschickt, um uns Einklang in diesen unchristlichen Zeiten zu bringen. Du darfst dich gerne auf den Platz neben unseren lieben

Freund Draf setzen." So setzte sich der Student auf das Sitzmobiliar, das nun schon seit längerem nicht mehr besessen war. Gerade als alles gut zu laufen schien, gab der Stuhl beim Aufnehmen seines Gesäßes ein nicht zu überhörendes Knarzen von sich. Sofort durchzog eine Welle gewisser Nervosität die anwesende Menge. Durch das Aneinanderschellen zweier Heilkristallsteine - pardon, Kristallheilsteine - beruhigte die Leiterin die tobende Menge. Der Stuhl wurde unverzüglich getauscht, um die beunruhigten Gemüter nicht noch weiter zu beunruhigen. Es folgte eine kurze Vorstellungsrunde, welche mit Ausnahme der Fluchtgeschichte des Draf Gracula und seiner Frau Olga aus Transsilvanien, langweiliger nicht hätte sein können. Bevor das eigentliche Thema der Sitzung jedoch besprochen werden konnte, bat die Leiterin um einen kurzen Moment der Aufmerksamkeit, um ein sehr wichtiges Thema anzusprechen. Als die Mundwinkel der sonst so furchterregend zwanghaft lächelnden Dame nach unten glitten, wussten die Mitglieder, dass es ernst war. In Selbsthilfegruppen ist es durchaus nicht unüblich, dass Mitglieder vorzeitig vom Boot springen, jedoch kommt es seltener vor, dass sie über Bord geworfen werden. „Einer unserer geliebten Leidensgenossen wurde uns gestern gewaltvoll aus unseren kalten, Wasser verdrängenden Händen gerissen. Wie ein Akt solcher Grausamkeit ohne Reue an einem solch netten Zeitgenossen vollbracht werden konnte, ist mir ein Enigma." Ein Mitglied der Runde fragte zögerlich ob ein Enigma wohl der große blaue Heilkristallstein hinter ihr sei, woraufhin sie erbost „Das ist ein Kristallheilstein, kein Heilkristallstein, du Banause. Die werden höchstens von der Kraft des Humbugs angetrieben und wirken, ganz im Gegenteil zu meinen, nicht über den Placebo-Effekt hinaus." antwortete. Nach kurzer Energiefindungsphase setzte sie ihre Rede fort und zeigte mit leicht zitternder Hand auf den freien Stuhl mit der Gravur „Fridolin Hg.". Nach einem kurzen Blick in das PSE[2], das er dem Chemie-Studenten Nr. 420 letzte Woche abzog und dem Ausfindig machen des 80. Elements überkam den Studenten der Angstschweiß. Er realisierte, dass es sich bei der betrauerten Person um seinen Rückhand-Rezipienten handeln musste und die Situation wurde hiermit unangenehmer als das Gespräch mit seinem Vater, warum man die Tür seines kleinen Bruders nicht mit Kacke beschmieren sollte. Er sendete ein stummes Stoßgebet an seinen bereits leider verschiedenen Glückskorken und hoffte, dass diese Situation einfach so schnell wie möglich beendet werden würde. Egal von wem. Just in[3] diesem Moment detonierte die Glastür, welche vorher mit einer per Fernzünder aktivierbaren C4-Sprengladung geschmückt worden war. Nachdem die Beseitigung der Kollateralschäden durch das anwesende Militärfachpersonal vorgenommen wurde, betrat

---

[2] Periodensystem der Elemente
[3] Hallo Justin! :)

schließlich der Drahtzieher des Unterfangens die Bühne: Stilvoll schwang der Kommissar durchs mittlere Fenster und landete mit einem grazilen Abrollmanöver und einer gezogenen Waffe inmitten der Meute. Er stand auf, rückte seine Brille mit einem gezielten Stößchen seines Mittelfingers zurecht und richtete seine Waffe auf den Jurastudenten. „Dachtest du wirklich, dass du damit davon kommen würdest, du Abschaum? Dachtest du wirklich, du könntest mich, den Meisterdetektiv Hermann Schaum, überlisten, indem du dich in das Umfeld deines Opfers assimilierst? Falsch gedacht, du Schmutz. Nun möge der angehende Richter gerichtet werden! Bringet ihn hinfort!"

Nachwort 1 des 10. Kapitels: Das große Rätsel

Für die Leserschaft, die ihre Sprachkenntnisse noch nicht um eine Vielzahl schmackhafter

Fremdwörter erweitert hat: Ohne weiter in Rätseln zu sprechen, das Enigma ist und bleibt ein Rätsel.

Nachwort 2 des 10. Kapitels: Trauer

Die Bestattung des so vermeintlich geliebten Hausmeisters Fridolin, sollte nur im kleinen Kreise abgehalten werden, jedoch wurde diese nur von einem Segment der ursprünglich geplanten Menge aufgesucht. Die Menge dieses Segments enthielt nur ein Element der eigentlichen Grundmenge. Dieses Element trug üblicherweise die Betitelung[4] „Juan Rodriguez Garcia Perez". Dem aufmerksamen Leser dürfte eine Repetition der Namensgebung aufgefallen sein und das Autorentrio bestätigt die Identität beider Personen. Wie es aber dazu kam, dass der Operator eines Großkraftfahrzeuges des Schülertransportes im

---

[4] Ich mag Titen

öffentlichen Personennahverkehr der Beerdigung beiwohnen konnte, wird im Folgenden erläutert.

Vorwort des 11. Kapitels: Fortgeschrittene Homophobie ersten Grades

Aufgrund der sexuellen Unentschlossenheit Quecksilbers musste er mithilfe der guten, alten „Versuch oder Fehlschlag"-Taktik herausfinden, mit welchem Geschlecht er präferierte, den Beischlaf zu ersuchen. Unglücklicherweise geriet er bei dieser Suche an einen direkten Nachkömmling einer verbitterten Seele, die den Laktosetod erlitt. Angehörige können den bittersüßen Nachgeschmack einer Milchzuckervergiftung und die daraus resultierende seelische Verstümmelung lediglich erahnen. Eine verbitterte Seele, deren Kindheit ruiniert wurde; ruiniert durch einen schwulen Arzt, der ihm das genießen von Milch für immer versauerte. Umso tragischer war es für ihn mit anzusehen, dass der Sprössling seines Sprösslings keinen weiteren Sprössling zeugen wird, da dieser es bevorzugt, seinen Samen in einen anderen Mann zu pflanzen. Dieser andere Mann war ein leidenschaftlicher Hausmeister und

Stochastik-Enthusiast. Leider vernachlässigte er die Wahrscheinlichkeit, dass der Geist des Großvaters seines Lovers ihn aufgrund seiner sexuellen Orientierung heimsuchen und damit sein Ableben besiegeln würde.

Kapitel 11: Ein beschissener Ausflug II

Nach dem eher weniger erfolgreichen Badespaß an den wunderschönen Brücken Saarbrückens, hatten wir von Brücken vorerst einmal genug. Die Lehrer beschlossen, die Klassenfahrt auch trotz dieses „kleinen" Malheurs nicht abzubrechen, da sie zu ungeduldig waren, die Zeit zu überbrücken, die der Leichenbergungsvorgang in Anspruch genommen hätte, zumal der zuständige Oberschüleroberehrenoberhauptkomissar in einem anderen Fall eingespannt war. So setzte sich die Karawane aus unterbelichteten 10. Klässlern (-1) wieder in Bewegung und setzte Kurs auf die französische Grenze. Eigentlich hätten wir bereits Erahnen sollen, wohin die Reise führte, als im Bus lautstark „alors on danse" gepumpt wurde und hätten die Notbremse ziehen sollen, als dies noch eine Option war. Jedoch erkannten wir unser tragisches Schicksal erst, als wir ein Schild mit dem Aufdruck „frontière" erblickten. Wir wussten nicht genau, was das zu bedeuten vermochte, allerdings ließ der Akzent auf dem „e" nichts Gutes verheißen. Spätestens als die Zollbeamten uns mit einem lustlosen „Bonjour à tous" begrüßten, erkannten wir die Aussichtslosigkeit unserer Situation. Alle, außer die drei Kiffer der Klasse, mussten sich darauf einstellen, sich in den nächsten Tagen nur von Croissants und Baguettes zu ernähren, da wir sprachtechnisch bedingt nicht in der Lage waren, etwas mit mehr Nährwert zu bestellen. Besagte drei entflohen geschickt dieser Prozedur, da sie nun das Schicksal ihrer Großväter teilen durften, in französischer Gefangenschaft zu verweilen und dadurch den Luxus genossen, sich nicht selbst um ihre Nahrungsversorgung kümmern zu müssen. Doch auch diese Verluste nahmen die Lehrkräfte willig in Kauf, da sie sich bereits kurz nach Grenzüberschreitung auf die erste Flasche eines edel scheinenden Tropfens stürzten, welcher bei genauerem Hinsehen jedoch eher der Qualität des Tetrapack-Sangrias aus dem Pennymarkt an der Reeperbahn glich. Doch es stellte sich heraus, dass dies weder der erste noch der letzte Sturz der Reise gewesen sein sollte. Aber mehr dazu später. Für lange Zeit fanden die einzigen Endorphin-Ausschüttungen nur statt, wenn wir an französischen Kleinstädten vorbeifuhren, deren Namen sich wie Geschlechtsteile auf Spanisch anhörten[5]. Das klingt jetzt so, als hätten wir danach auch noch Spaß gehabt aber dem ist nicht so gewesen. Der Endorphin-Ausschüttung wurde schlussendlich der Garaus gemacht, als man den aufsteigenden Rauch der

---

[5] Shoutout an die Bewohner von Cocheren und Cocherel

Notre-Dame am dunkelrot schimmernden Firmament erblicken konnte. Dabei war uns relativ egal, dass eines der kulturreichsten und frühesten gothischen Bauwerke christlich-französischer Historie gerade ordentlich von den Flammen zerfickt wurde; viel mehr störte uns die Tatsache, dass wir uns nun der französischen Hauptstadt näherten. Da die Lehrerschaft bereits ordentlich einen sitzen hatte, hofften wir still und heimlich, den Busfahrer von einer Pariser Kneipentour überzeugen zu können. Doch auch in einem leicht angetrunken Zustand blieben die Lehrer ihrem deutschen, neurotischen Planungswesen treu und bestanden darauf, zuerst einmal im Hotel einzuchecken, bevor wir das Pariser Nachtleben auschecken konnten. Zumindest gingen wir davon aus, dass wir ein Hotel haben würden. Unsere bereits niedrigen Erwartungen wurden abermals unterboten, als wir an einem „rustikalen" Haus ankamen, welches eher einer verranzten, aus dem 17. Jahrhundert überblieben Gerberei ähnelte.

Eine Lehrkraft versuchte unsere aufgewühlten Geister zu besänftigen und bestärkte uns in den naiv hoffnungsvollen Spekulationen, dass die Bilder der buntverspielten Innenausstattung im Webplaner des Reisebüros, welches den großzügigsten Schulrabatt angeboten hatte, der Wahrheit entsprachen. So betraten wir mutigen Herzens das unappetitlich aussehende Bauwerk, doch direkt hinter der Türschwelle konnten unsere Riechkolben eindeutig den Abbau von Pentachlorphenol durch Bakterien der Art Pseudomonas identifizieren, indem unsere Riechzellen die Duftmoleküle erkannten und dieses chemische Signal in ein elektrisches umwandelten, was in unseren Gehirnen in einer modrig wirkenden Geruchsinformation resultierte. Dies hatte den Effekt, dass unser Mut ganz schnell los musste. Er war nämlich frei zu gehen, wann auch immer es ihm beliebte, im Gegensatz zu uns, die in einer deutlich prekäreren Situation steckten.

Hätte man die Reisebroschüre mit der harten Realität verglichen, so hätten sich die folgenden Kontraste ergeben: *Bei uns erwartet Sie freundliches & zuvorkommendes Personal, welches Ihnen rund um die Uhr für Fragen, Wünsche und Anregungen ein offenes Ohr bietet, sowie warme und einladend eingerichtete Zimmer, die Ihre Sinne umspielen werden.* Tatsächlich gab es bei der Umsetzung einige minimale Komplikationen: Die offensichtlich verkaterte Rezeptionistin Renee erwartete uns überhaupt nicht und verbrachte ihre kostbare Zeit lieber damit, am Schalter sabbernd ihren Rausch auszuschlafen, während der Hausmeister Hugo sich mächtig mit Hugo vollpumpte. Erschwerend kam hinzu, dass das Personal lediglich die Spitze des Eisbergs gefrorener Enttäuschungen war, denn in der Abscheulichkeit, die „Zimmer" genannt wurde, erwartete uns ein epischer Bossfight gegen den Vorbesitzer Willi, der nicht willig[6] war, sein Revier kampflos

---

[6] Willi G.

aufzugeben. Nachdem wir es endlich schafften, den Waschbären mit einem Besen aus dem Fenster zu schaffen, mussten wir erst einmal seine Hinterlassenschaften beseitigen, bevor wir uns endlich ein bisschen weniger unwohl fühlen konnten. Die nächste Problematik ergab sich aber schon, als wir selbst das Bedürfnis hegten, etwas zu hinterlassen. Alleine das Wimmelbild, das anal[7]ysiert werden musste, um die Tür des Klosetts zu lokalisieren, war schon Herausforderung genug, denn die Pforte zu den Gemächern der Entledigung hatte eine erschreckende Ähnlichkeit mit dem Design der Wandschranktür. Beide teilten sich für Toilettentüren unkonventionell gewählten Attribute, wie das Fehlen eines Schlosses aber als Ausgleich dafür auch das Vorhandensein von Doppelflügeltüren. Dies führte dazu, dass ungewollte Besucher mit lustvollen Augen ungeladen den Toilettenraum frequentier-

---

[7] ;)

ten, was wiederum dazu führte, dass hin und wieder ein König vom Porzellanthron stürzte, was wiederum zu Zuständen führte, die an den Prager Toilettensturz vom 23. Mai 1618, welcher den Dreißigjährigen Klopapierkrieg auslöste, erinnerten. Nachdem wir unsere Geschäfte verrichtet hatten, waren wir dabei, uns fürs Nachtleben zu kleiden, als es an der Tür klopfte. Hektisch entsorgten wir die bereits geleerten Dosen eines hopfenlastigen Erfrischungsgetränks mit 5,0% Alkoholgehalt ins Badezimmer. Genauer gesagt in die Duschkabine, unter der sich der Klassennerd gerade in den Schlaf weinen wollte. Unser Klassenlehrer trat ein und sofort erfüllte eine Fahne, die selbst die Unsere übertrumpfte, den Raum. In dem besten Deutsch, dass der vom Leben gezeichnete, halbglatzige, durch lange Berufstätigkeit psychisch vorbelastete Mann Ende 40 noch vor sich her stammeln konnte, teilte er uns mit, dass wir uns erst am nächsten Morgen ins Pariser Nachtleben hätten stürzen können. Mit unserem

Schicksal abgefunden legten wir uns erwartungslos zu Bett, während wir zum Einschlafen statt Schäfchen nur fluoreszierende Bettwanzen zählen konnten. Die friedliche Nachtruhe wurde prompt gestört, als wir die markerschütternden, schrillen Klagerufe einer im ersten Moment nichtidentifizierbaren Geräuschquelle vernahmen. Momente nach der dritten Schreikrampfsalve erkannten wir die verzerrte Stimme unseres Busfahrers Juan. Noch nie hatten wir eine professionelle Personenbeförderungsfachkraft so schrecklich leiden hören, dementsprechend konnte ich mich dazu überwinden das Lehrerkollegium über die an Lärmbelästigung grenzende Geräuschkulisse zu informieren. Nachdem die nüchternsten Lehrer eine kurze Rücksprache mit dem schluchzenden, nur halb ansprechbaren Deutsch-Kubaner hielten, erreichte uns die Nachricht, über einen schrecklichen Todesfall in der Familie des Busfahrers. Noch zur selbigen

Stunde packten wir unsere Sachen und besiegelten damit das Ende der beschissensten Klassenfahrt unseres Lebens.

Nachwort des 11. Kapitels: Memento Mori

Dass Fridolin und Juan nicht auf ewig ihr Glück teilen konnten, war den mit beiden Beinen im Leben stehenden Männern natürlich bewusst. Die Unabdingbarkeit menschlicher Impermanenz ist den Meisten durchaus bekannt, doch es sind die Schicksalsschläge, die plötzlich und ohne Vorwarnung eintreten, die uns die Endlichkeit unseres Daseins realisieren lassen. Wir sind nicht dafür bestimmt, auf ewig die Weiten dieser grausamen, jedoch wunderschönen Welt zu bewandern und dennoch gibt es Momente, in denen wir mit der richtigen Person Unendlichkeit erleben können. Dieses Band zweier Liebenden kann stark genug sein, selbst die Schere familiärer Nichtakzeptanz erstumpfen zu lassen. Allerdings war ebendieses Band der Liebe der stabilen Rückhand eines an Durchfall leidenden Jurastudenten in Verbindung mit der Homophobie eines verschissenen Geistes nicht gewachsen.

Vorwort des 12. Kapitels: Home Sweet Home

Dass die Heimfahrt aus dem absolut wundervollen Frankreich noch schlimmer hätte sein können, als die Hinfahrt und der Aufenthalt zusammen, hätten sich die Realschüler auf gescheiterter Klassenfahrt niemals ausmalen können. Denn mit einer Durchschnittsgeschwindigkeit von 80,9935 Knoten befuhr Juan die von Steinschlägen übersäten Straßen, vorbei an den einst so amüsant klingenden Städtchen, die die Schüler in erdrückenden Zeiten an spanische Bälle erinnerten und den Brücken, die den Lehrern und den Angehörigen des Beflügelten jegliches entzücken entzogen. Doch wäre das nicht genug gewesen, erwartete den armen Dietmar nach seiner Ankunft zu Hause, neben einer mit Scheiße verkrusteten Tür noch eine weitere nervenaufreibende Nachricht. Er musste sich mal wieder in einen Anzug quetschen. Die Umstände unter denen er erneut einen Gerichtssaal aufsuchen musste, waren dabei für ihn eher nebensächlich.

Kapitel 12: Das letzte Gericht

Nachdem mich meine Mutter die Kotreste an der Akazienholztür meines Zimmers abkratzen ließ und mir die gute Nachricht der Inhaftierung meines Bruders überbrachte, wurde mir erschreckend schnell klar, dass ich meinen fetten Arsch mal wieder raus aus meiner Schlabberhose und rein in meine ausgeleierte Bügelfaltenhose quetschen musste. Normalerweise würde ich mir nur für meinen Bruder nicht die Mühe machen, mich umzuziehen, allerdings setzt einen der Gruppenzwang im Gerichtssaal generell mehr unter Druck als eine Kollaboration zwischen Queen und David Bowie. Als ich mich in die Lackschuhe von der Beerdigung meiner Großmutter quälte, wurde mir schmerzlich bewusst, dass meine Füße am Ende des Tages mehr Blasen würden als tschechische Nutten. Apropos Blasen, meine war ziemlich voll. Ich hätte mich eigentlich gerne in meinen eigenen häuslichen Gemächern entleeren wollen, jedoch hatte ich einen Bus zu verpassen, da meine scheiß Hartzer-Eltern lieber auf die Live-Übertragung der Crossover-Episode von Richterin Barbara Salesch™ und Richter Alexander Hold™ warten wollten. Nach 7 entwürdigenden Bushaltestellen, die die sehr frischen Wunden der Fahrt von vor wenigen Stunden noch tiefer schnitten und fast eine posttraumatische Belastungsstörung hervorriefen, stieg ich hängenden Hauptes aus dem Omnibus. Von der letzten Haltestelle aus wären es nur noch wenige Katzensprünge bis zum Ort des Geschehens gewesen, allerdings hatte ich mein Puschelschwänzchen-Analplug zu Hause vergessen, weswegen ich mich dann doch, wie ein normal funktionierender Mensch, in einer aufrecht gehenden Bewegung zum Gerichtssaal befördern musste.

Nachdem ich als ausgewogenes Frühstück mal wieder Weisheit mit Löffeln zu mir nahm und mich meine Forensik Assistentin wie jeden Morgen daran erinnerte, ich solle mein Müsli nicht mit Weißbier, sondern wie ein normaler Mensch mit Apfelsaft essen, stand ich auf und schlug ihr wie jeden Morgen vor, doch bitte ihr Maul zu halten. Nach meinem morgendlichen Mahl, welches ich traditionell in Boxershorts abhielt, schlüpfte ich in meine beige Cordhose, die ich mir seit 2014 für meinen ersten Gerichtsfall, bei dem ich nicht selbst auf dem Anklagestuhl saß, präservierte. Ich haderte lange mit mir selbst, ob ich in meinem Lieblingshemd mit einem Spaghettitaco Motiv oder doch lieber im business-casual look gehen sollte. Nachdem ich eine Pro-Contra-Liste erstellt hatte, entschied ich mich schlussendlich für das schlichtweg schönere Hemd. Aus Gewohnheit führte ich wie immer einen Flachmann bei mir, welcher mittlerweile allerdings mit alkoholfreiem, mit Zitronenlimo verdünntem Öttinger[TM] gefüllt war. Da ich zu diesem Punkt bereits quasi Staatsheld war, fuhr eine weiß polierte Limousine vor mein Grundstück, die mich zum Prozess des

Jahrhunderts fahren sollte. Meine Gerichtsmedizinerin blieb gewissenhaft zu Hause, um das Geschirr zu spülen. Leider bemerkte ich zu spät, dass die Limousine nicht so gut ausgestattet war, wie ich erhofft hatte und es dem Gefährt an einem Becken der Erleichterung mangelte. Zum Glück war das Gerichtsgebäude lediglich ein paar Straßen von meiner aktuellen Bleibe entfernt, was mir ermöglichte in trockenen Cordhosen anzukommen.

Betrübt, immer noch meinem Analaccessoire hinterhertrauernd, betrat ich das wohl am komplexesten strukturierte Gerichtsgebäude, das mir in meiner äußerst kriminell angehauchten Jugend jemals untergekommen war. Zum Glück befanden sich Piss- und Schissgelegenheiten gleich neben dem Eingangsbereich. Es schien, als wäre einzig und allein der Weg zu den Toiletten deutlich ausgeschildert gewesen, jedoch entpuppte sich auch diese Pilgerfahrt als eine Wanderung durch einen dichten deutschen Schilderwald,

welcher sich über drei Etagen, fünf Nebenge-
bäude und zwei Atrien erstreckte, und ähnliche
negative Schwingungen wie der Aokigahara
Wald in Japan abgab. Schlussendlich führte mich
der von trauernden Seelen bewanderte Höllen-
pfad in eine kleine Halle. Direkt neben dem Eingangsbereich. Gottverdammt.

Noch bevor die Limousine zum Vollstopp kam,
ließ ich mich von meinen Fans aus dem Fenster
ziehen und via Crowd-Surfing auf direktem
Wege zum Eingangsbereich des Tribunals trans-
portieren. Das Rütteln und Schütteln machte zwar
den Druck auf meiner Blase nicht einfacher, allerdings ließ mich der ruhmvolle Rausch kurzzei-
tige Pulleramnesie erfahren. Als ich jedoch auf
dem harten, gefliesten Boden der Tatsachen auf-
schlug, kehrte das Bedürfnis, Wasser zu lassen,
zurück. Als wir, meine multiple Persönlichkeitsstörung und ich, den großflächig polierten, mit
Marmorstein verzierten Raum analysierten,
durchschauten wir sofort das schmutzige Spiel,
108

das Väterlein Staat mit uns treiben wollte. Ich konnte, mein Spürnäschen spitzend, die sanitären Anlagen ganz klar im Nord-Westen des Gebäudekomplexes erschnuppern, wohingegen die Ausschilderung das normalsterbliche Gesindel in Richtung Osten schickte. Ich vertraute auf meine Fähigkeiten als hobbymäßiger Spürhund, denn seitdem ich nicht mehr regelmäßig Methamphetamine durch meine Nasenlöcher beförderte, stellte ich fest, wieder erstaunlich gut riechen zu können. Dies war nämlich Teil meines Nebenjobs, als menschlicher Drogenspürhund am Flughafen Berlin. Ein Kapitel meines Lebens, das ich eigentlich für immer hinter mir lassen wollte, jedoch verlangte mein Harnflüssigkeitsüberdruck nach besonderen Toilettenaufspürtalenten.

Zu meiner Überraschung duftete das Klosett weniger nach Verbrechen, als ich es mir vorgestellt hatte. Um ehrlich zu sein, schien es so angenehm zu sein, dass ich es mir tatsächlich erlauben konnte, mit gutem Gewissen eine Kabine zu betreten. Normalerweise hätte ich mich geschickt an einem Pissoir platziert, allerdings wollte ich nicht beim Ringen mit dem Reißverschluss meiner Anzughose beobachtet werden. Endlich konnte ich diesen Druck loswerden. Zusätzlich betrat just in dem Moment, in dem ich den Riegel der Kabinentür verschob, ein mir unbekannter Herr die Anlage.

Mein Olfaktus ließ mich auch nach all den Jahren nicht im Stich und so betrat ich, bereits meine Arschbacken kneifend, die Herrentoilette. Sofort bemerkte ich, dass sich noch keine weitere Person an den Pissoirs befand und so bewegte ich mich, wie selbstverständlich, an das an der Wand hängende Wasserspülbecken. Meine Aktentasche hielt ich lässig unter der rechten Achselhöhle geklemmt, während ich mit beiden Händen versuchte, den äußerst ungünstig günstig produzierten Reißverschluss zu öffnen. Nachdem ich meinen Hosenstall erfolgreich entriegelt hatte und endlich Erleichterung einkehrte, entriegelte sich ebenfalls die hinter mir lokalisierte Kabine.

Da ich erwartete, dass sich das Kabinentor, wie jede andere Tür auf öffentlichen Toiletten nur sehr schwer öffnen lassen würde, übte ich fast schon aus Gewohnheit einen überdurchschnittlich hohen Druck aus, was darin resultierte, dass die Tür, wie mit WD-40 geschmierten Scharnieren, in Richtung ihres maximalen Ausschlags sauste.

Das letzte, das ich sah, bevor das Unglück geschah, war das rechteckige Pressspangefüge, welches mit ansehnlicher Geschwindigkeit auf mich zugerast kam.

Ich vernahm einen leichten Aufschrei, nachdem ich einen nicht vernachlässigbaren Widerstand, der Türöffnung entgegenwirkend, verspürte. Durch den Abstand zwischen Portal und Boden erblickte ich einige wichtig aussehende Dokumente, woraus ich schließen konnte, dass meine

Tür in der Tat einen gerade pinkelnden Kameraden gestreichelt hatte. Sofort begann ich, die Blätter aufzusammeln, die durch den Spalt in die Kabine gerutscht waren. Mein Blick klebte am Boden.

Aus dem vermeintlich sicher gefestigten Achselgriff entglitt mir der Walnussbraune Aktenkoffer wie ein Stück gebutterte Seife aus den Händen eines unvorsichtigen Häftlings, was in mir ein ähnliches Unbehagen auslöste. Instinktiv beugte ich mich nach unten, was sich tatsächlich als richtige Entscheidung herausstellte, da meine Fall-Formulare spontan entschieden, den Koffer zu verlassen. Mein Blick klebte am Boden.

Die beiden jungen Herren, fixiert auf das Aufsammeln der Blätter, rutschten über den für eine öffentliche Toilette ungewöhnlich durchschnittlich schmutzigen Boden, hinein in die Mitte des Raumes. Mit den Augäpfeln weiterhin das Bodengeschehen verfolgend, näherten sich ihre

Hände unbemerkt einander an, bis nur noch ein Blatt übrig war. Beide griffen gleichzeitig nach dem mit hoffentlich nur schwarzoxider Tinte besudelten, 80 $\frac{g}{m^2}$ schweren, Kopierpapier. Doch bevor sie das Stück Papier greifen konnten, berührten sich ihre Hände. Auch wenn sie mit ihren Fingerspitzen den jeweils anderen nur für einen unerträglich kurzen Augenblick spüren konnten, war dieser Moment genug, um einen kleinen Funken zu erzeugen, der ein fragiles Feuer entfachte, das wild Aufzulodern begann, als sie sich zum ersten Mal in die Augen sahen. Jedoch mussten sie ihre instinktivsten Triebe unterdrücken, da der Beginn des Prozesses nahte und sie daher keine Zeit für solche Plänkeleien hatten. Dietmar entschuldigte sich verlegen bei Hermann für das kleine Ungeschick, welcher leicht stotternd „kein Problem..." antwortete, während er sich ebenso verlegen am Hinterkopf kratzte. Und ohne sich überhaupt vorgestellt zu haben, verabschiedeten sie sich schon wieder voneinander.

Was die ganze Situation noch ein wenig seltsamer machte, war die Tatsache, dass sie sich nach der Verabschiedung in die gleiche Richtung in Bewegung setzten. Bevor sie die Gelegenheit gehabt hätten, das auf Wiedersehen zu revidieren und sich näher kennenzulernen, wurde Hermann von einem Staatsanwalt abgefangen, was die Wege der beiden nun wahrhaftig trennte.

Noch rechtzeitig im Zuschauerbereich des Gerichtssaales angekommen, musste ich mich mit dem Gedanken abfinden, dass ich den geheimnisvollen, charmanten und unglaublich gutaussehenden jungen Mann von der Toilette vielleicht nie wieder sehen werde. Der Prozess zog sich nun schon mächtig in die Länge, da mein Bruder jegliche Aussage verweigerte und die ganze Zeit nur auf eine Versorgung mit Doritos und Mountain Dew bestand. Allerdings wären keine Aussagen seinerseits mehr nötig gewesen, als der Zuständige Überkommissar Schaum in den

Zeugenstand gerufen wurde. Als dieser schließlich den Raum betrat, konnte ich meinen Augen kaum glauben.

Fin.

Nachwort 1 des 12. Kapitels: Epilog

Ebenfalls in den Zeugenstand gerufen wurde der Wirtschaftsdozent Heinrich, welcher sich ausnahmsweise aus seinem nach Frittierfett miefendem Sessel mit durchgebrochener Rückenlehne bequemte, um in dem Prozess auszusagen. Dementsprechend war auch sein Sohn Henri im Gebäude anwesend, da man diesen nicht alleine zu Hause lassen konnte, ohne danach den Nuss-Nougatcreme-Vorrat neu aufstocken zu müssen. Als Dietmar diesen unfassbar fetten Jungen, der **immer noch** Diabetes auf der Stirn geschrieben hatte, wiedersah, musste er zurückdenken an die gute alte Zeit, in der er das erste Mal, fast in einem Schulbus verendete. Auch die Heilkristall-kristallheilstein-Tussi musste sich aus ihrer Komfortzone, dem Stuhlkreis, bewegen und war nach einer Séance mit ihren Traumfängern bereit, über die Geschehnisse Wort zu verlieren. Dauerhaft präsent war das für Dietmar leicht vertraute, herzzerreißende Winseln des Busfahrers Juan. Nachdem alle Zeugenaussagen zu Protokoll genommen wurden, egal wie sehr sie auch nach absurdem Humbug klangen, kamen die Geschworenen schnell zu einem einstimmigen Ergebnis. Der Angeklagte wurde in allen Punkten für schuldig befunden und verurteilt. Für die vorsätzliche Tötung, die Sachbeschädigung von Universitätseigentum, sowie Fahrradmissbrauch unter Alkoholeinfluss, wurde insgesamt eine Freiheitsstrafe von $5\frac{1}{2}$ Jahren ohne Bewährung, sowie ein Bußgeld, das einem Studenten, der nicht hobbymäßig Drogen verkauft, das finanzielle Genick bricht, verhängt.

Nachwort 2 des 12. Kapitels: Nachwort

Die darauffolgenden Wochen waren sehr schwierig für Dietmars Bruder, allerdings nicht so sehr wie für Dietmar, denn auch wenn dieser in Hermann Schaum einen neu gewonnenen Freund fand, musste er in der kommenden Zeit selbst herausfinden, wohin sein weiterer Lebensweg ihn führte. Um dies und alle anderen kürzlich geschehenen Ereignisse zu verarbeiten, beschloss er als Autorentrio getarnt in einem literarischen Werk Zuflucht zu finden und sich mit schalkhaft verpackter Gesellschaftskritik an öffentlichen Toiletten abzulenken.

– Ende –

Danksagung:

Das Autorentrio „Dietmar" dankt allen Individuen, die entweder direkt oder indirekt Einfluss auf die Entstehung dieses Buches hatten, sei es mit eigenen Erfahrungen oder kreativer Gastschreiberei unter dem Einfluss bewusstseinserweiternder Substanzen gewesen. Wir danken allen langzeitigen Unterstützern, die dieses Werk sehnlichst und mit großer Vorfreude erwarteten. Doch der größte Dank muss uns gegenseitig für unsere jahrelange Kooperation gelten, die uns nicht nur auf das höchstmögliche schreiberische Niveau gehoben hat, sondern uns auch freundschaftlich noch enger zusammengeschweißt hat, sodass daraus ein Vermächtnis entstand, welches wir uns auch zukünftig noch, herzlich lachend, zu Gemüte führen können. Ganz nebenbei hoffen wir neben den intentionierten Fehlern, alle anderen ausgemerzt zu haben.

Da ein Teil des Autors mittlerweile im Besitz eines Kraftfahrzeuges mit gültiger Straßenzulassung ist, sind wir nun zu einer autonomen Gruppe herangewachsen.